KB038440

초콜릿 한 조각

용기를 담은 손길

■ 일러두기
이 책은 다림세계문학 『레닌그라드의 기적』의 개정판입니다.

초콜릿 한 조각

용기를 담은 손길

얍 터르 하르 지음 • 유동익 옮김

다림

보리스는 어찌할 바를 모르고 두리번거렸다.

꿈속의 장면들이 머릿속을 스쳐 갔다.

눈 덮인 라도가 호수, 깨지는 얼음,

트럭을 운전하는 아버지……

보리스는 두려움을 떨칠 수 없어 머뭇거렸다.

갑자기 아버지가 돌아가시기 전에 한 말이 들려왔다.

"두려워하는 것은 괜찮아, 보리스.

용기를 잃고 포기하는 것이 나쁜 거야."

1

　보리스는 자고 있었다. 멀리서 독일군이 쏘아 대는 대포 소리가 들렸다. 독일군들은 전쟁을 빨리 끝내려고 막강한 폭발력을 가진 폭탄과 수류탄을 레닌그라드에 쏟아부었다. 그러나 레닌그라드 사람들은 용감하게 전쟁을 막아 내고 있었다. 때는 1942년 12월이었다. 보리스는 잠을 자면서 꿈을 꾸었다. 거의 매일, 같은 꿈의 연속이었다.

　수십 대의 트럭들이 얼어붙은 라도가 호수 위를 조심스럽게 지그재그로 달리고 있었다. 눈 덮인 호수는 군데군데 함정이 도사린 하얀 지옥처럼 쭉 뻗어 있었다. 어느 부분의 얼음이 약하지? 어느 부분에 얼음 구멍이 있었지? 긴장감 속에 죽음의 그림자도 함께 가고 있었다. 보리스의 아버지는 쓴웃음을 지으면서 독일군에 포위되어 굶어 죽어 가는 레닌그라드로 향하는 트럭에 앉아 있었다. 바퀴가 미끄러지고, 얼음에 금이 가고 물이 사방으로 튀는 게 보였다.

왼쪽에는 솔림스키가 같이 달리던 일행과 함께 깊은 호수 속으로 빠지고 있었다. 바퀴 아래쪽 얼음이 깨지는 순간 무거운 트럭이 잠시 떨리는 것 같더니 곧 트럭의 앞부분이 얼음이 떠다니는 물 아래로 잠겼다. 천천히, 고통스럽게 천천히, 또다시 소중한 식량들이 차가운 물속에 빠져 버렸다.

솔림스키와 일행은 물속에서 어떤 동물이 헤엄치는 것을 바라보았다. 징그럽게 튀어나온 눈을 가진 괴물 같은 것이 어둡고 깊은 곳에서 바깥으로 머리를 내밀었다. 괴물이 엄청난 크기의 꼬리를 내리치기 시작했다. 위협적일 뿐만 아니라 무섭기까지 한 엄청난 꼬리였다! 앞 유리창이 산산조각 났다.

그래도 식량 수송은 계속되었다. 그 누구도 물에 빠진 사람들을 돕기 위해 트럭을 멈출 수가 없었다. 그것은 명령이었다.

멀리서 독일군의 대포 소리가 들렸다. 어둡고 차가운 새벽 하늘 위로 아침을 알리는 해가 떠오르고 있었다.

보리스는 아버지와 함께 트럭을 타고 있는 꿈을 꾸고 있었다.

"왼쪽으로!"

보리스가 꿈속에서 중얼거렸다.

"아버지, 왼쪽으로, 왼쪽으로 가요!"

보리스는 이 말들을 소리 내어 외치고 싶었다. 그러나 목이 완전히 잠겨 소리가 나오지 않았다. 꿈속에서 보리스는 영화처럼 아주 생생하게 아버지의 얼굴을 보았다.

아버지는 침착한 태도로 얼어붙은 강을 달리며 자신보다 앞서 달리는 트럭들이 눈 위에 남긴 바퀴자국들을 살펴보았다. 그러고는 핸들을 왼쪽이 아닌 오른쪽으로 돌렸다.

얼음 아래에서 사람 크기만 한 물고기가 트럭을 앞질러 헤엄쳐 가고 있었다. 눈, 검은 얼음, 물 사이를 그 무서운 꼬리 지느러미가 번개처럼 지나갔다. 커다란 물고기의 입은 먹이를 물고 있었고 튀어나온 눈은 뚫어지게 트럭을 바라보고 있었다.

갑자기 하늘의 검은 구멍 사이로 두려움에 떨릴 정도로 크게 윙윙거리는 소리가 들렸다. 혼자서 쓸쓸히 날던 전투기가 별들 사이를 지나서 낮게 비행하기 시작했다. 기관총이 두두두두 발사되었다. 첫 번째 폭탄이 떨어지자마자 얼음이 깨졌고 물이 튀어 오르며 별들이 떨어져 내렸다.

아버지는 책망하듯 핸들을 꽉 감싸 쥐고 오른쪽으로 돌렸다. 뒤 편에서는 얼음이 깨지면서 이바노프의 차가 뒤집어졌다. 옆으로는 파브리츠코가 앞 유리창이 깨진 채 부서진 트럭 안에서 운전하다, 얼음 구멍 속으로 곤두박질치며 일행과 함께 사라져 버렸다. 그리고 식량도 호수 아래 어딘가로 사라져 버렸다.

보리스는 깜짝 놀라 "안 돼!"라고 소리치며 베개 위에서 머리를 좌우로 흔들었다. 그리고 알아듣지 못할 말들을 중얼거리면서 양 손으로 시트를 꽉 잡았다.

트럭들은 총알과 수류탄과 얼음 구멍을 피해 가며 미친 코끼리처럼 얼음 위를 달렸다. 죽음도 함께 달리고 있었다. 바퀴가 미끄러지는데도 아버지는 하얀 눈 위로 차를 몰기 시작했다. 아버지는 눈 아래 어두운 얼음 구멍을 보지 못했을까?

"왼쪽으로, 아버지 왼쪽!"

그러나 아버지는 또다시 오른쪽으로 돌렸다. 어두운 구멍까지 거리는 40미터 정도 되었다. 그리고 다시 30미터, 20미터로 점점 가까워졌다. 구멍 위로 얼음의 무늬가 보였고 새하얀 눈이 가장자리에 쌓여 있었다.

몇 미터만 더 가면 끝장이었다. 얼음이 깨지는 소리가 엔진 소리를 잠시 제압했다. 앞바퀴가 눈이 덮인 얼음 위로 빠졌다. 차의 엔진이 멈추었다. 뒷바퀴 역시 빠지고 있었다. 시끄러운 소리와 함께 짐칸에 가득한 상자와 자루들이 얼음 구멍 속으로 빠지고 있었다. 검은 호수가 하얀 눈을 물들였다. 차의 엔진은 탁탁 튀는 소리를 내기 시작했다. 천천히, 괴로울 정도로 천천히 아버지의 트럭이 차가운 라도가 호수의 얼음 속으로 깊이, 더 깊이 빠져 들어갔다. 사람 크기만 한 물고기가 죽음의 미소를 띠고 트럭 운전석의 창문을 따라 헤엄치면서 아버지 얼굴에 남은 마지막 슬픈 웃음을 향해 입맛을 다시고 있었다.

보리스는 놀라서 잠에서 깼다. 또다시 아버지가 죽는 꿈을 꾼 것이다. 정신을 차릴 때까지는 얼마 동안 시간이 걸렸다. 포위된 레닌그라드에서 벌어지는 일상의 일들은 수천 개의 악몽이 되어 나타났다. 레닌그라드를 포위한 독일군은 하루 평균 300개가 넘는 폭탄으로 항복을 강요하고 있었다.

보리스는 거리에서 보았던, 굶주림과 탈진으로 죽어 가는 수많은 사람들의 꿈을 꾸었다. 도시의 방어선에서 부상을 당하고 돌아오는 병사들, 화재로 무너져 버린 집들, 아이들을 찾아 폐허 더미에서 울부짖는 어머니들의 꿈도 꾸었다. 레닌그라드는 죽어 가는 도시 같았다. 수도 시설은 더 이상 작동하지 않았고 화장실도 사용할 수 없었다.

사람들은 이 혹독한 추위에 거리에서 용변을 봐야 했는데, 인간이 지닌 수치심은 이미 전쟁의 폭력 앞에 무릎을 꿇은 지 오래였다. 보리스는 지독한 굶주림과 영하 20도의 추위 속에서 물같이 싱거운 수프나 작은 빵 한 조각을 위해 줄지어 서 있는 어린이와 여자들의 꿈도 꾸었다. 수백 채의 집 안에서는 죽어 가고 있거나 이미 죽었지만 발견되지 않은 사람이 누워 있었다. 이런 모든 잔인하고 비인간적인 상황은 일상이 되어 버렸다. 그것은 살아남아야 했기에 마침내는 적응하게 되는 전쟁의 일상이었다.

보리스는 이 전쟁에서 다른 어떤 것보다 식량을 수송하는 일이 중요하다고 생각했다. 아버지가 직접 식량 수송을 했기 때문이었다. 라도가 호수가 얼어붙게 되면 트럭은 의약품과 식량, 그리고 실탄을 가득 싣고, 상상할 수도 없이 큰 어려움을 겪고 있는 레닌그라드 시민들을 돕기 위해 독일군 진영을 따라 미끄러져 달린다.

상상 속에서 보리스는 수십 번도 더 아버지와 함께 차를 타고 달렸다. 완전히 얼지 않은 호수 위를 무거운 트럭이 지그재그로 기어가듯 움직이고 있을 때 운전석에 앉아 있는 사람들의 마음은 어땠을까? 얼마나 공포스러웠을까? 그들의 용기를 헤아릴 수나 있을까? 특히 얼음이 꽝꽝 얼지 않은 초겨울이나 얼음이 녹기 시작하는 초봄, 트럭의 바퀴가 녹은 얼음 위를 달려야 할 때면 아버지가 무사히 귀가하기를 바라는 보리스의 긴장감은 거의 견디지 못할 정도였다.

식량 수송을 맡은 트럭이 거의 절반 가까이 돌아오지 못한 적도 있다. 그럼에도 불구하고 다른 트럭들은 다음 날이면 다시 출발했다. 목적지에 도착하는 트럭은 사람들의 생명을 구하는 것이다. 목숨을 내건 수송 중에 라도가 호수로 트럭이 사라지는 일은 도시에 살고 있는 몇 명의 남자, 여자, 그리고 아이들의 죽음을 의미했다.

그래서 보리스는 수송에 관한 꿈을 자주 꾸었다. 얼음 아래 물속에서 거대한 괴물이 헤엄치는 것과 아버지가 위험 속에 달리는 모든 상황들이 보리스의 꿈을 악몽으로 만들고 말았다. 트럭들이 뒤집어져 고통스럽게 천천히 호수 깊은 곳으로 사라지면 보리스는 언제나 잠에서 깨어났다. 보리스는 식은땀을 흘렸고, 얼마 동안은 마음이 진정되지 않았다. 가장 지독한 것은 이런 꿈이 현실에서 나타나는 것이다.

엄마의 침대가 삐걱거렸다. 엄마가 몸을 돌렸다.

"보리스, 일어났니?"

보리스는 눈을 떴다. 그러자 그 끔찍한 호수 괴물이 천천히 헤엄치며 사라졌다.

뿌연 빛 사이로 보리스는 눈에 익은 풍경을 둘러보았다. 폭격으로 깨진 창문 앞에 아버지가 직접 못을 박아 만든 선반, 연료를 구할 수 없어 사용하지 못한 채 구석에 놓인 오븐, 엄마의 침대, 천장에 비스듬히 매달린 등, 벽 사이의 갈라진 틈이 보였다.

보리스는 이불을 걷어찼다. 방 안은 아주 추웠다. 보리스는 서둘러 신발을 신고 스웨터와 외투를 입었다. 그리고 엄마 침대로 갔다.

"무료 급식소에 다녀오렴. 서둘러 가는 것이 좋겠구나!"

보리스는 고개를 끄덕였다.

멀리서 묵직한 대포 소리가 계속해서 들렸다. 보리스는 엄마를 바라보았다. 엄마 기분이 어떤지 물어보고 싶지 않았다. 아마 물어본다면 엄마는 보리스가 아직 아무것도 모르는 어린아이인 것처럼 몸 상태가 나아지고 있고 아주 잘 잤다고 대답할 것이다. 엄마의 충혈된 커다란 눈에서 보리스는 공포와 근심을 읽었다. 엄마는 어른의 위엄을 보이려고 보리스를 향해 미소를 지었다. 보리스 역시 자신이 더 이상 어린아이가 아니라고 여겼기에 어른스럽게 행동했다.

열두 살이나 되고, 2년간 독일군의 포위 속에서 지낸 사람이라면 누구나 어른이 된다.

"옷 잘 입고 나가렴."

보리스는 다시 고개를 끄덕였다.

보리스는 엄마의 핼쑥한 얼굴을 바라보았다. 영양실조 때문에 엄마의 입술과 오른쪽 볼에 작은 염증이 생겼다. 엄마의 빛나는 갈색 눈에는 호수 괴물이 떠다니며 그 무서운 꼬리 지느러미를 좌우로 내려치고 있었다. 엄마는 죽음을 두려워할까?

"키로프 의사 선생님께 오실 수 있는지 여쭤 볼까요?"

보리스는 그 얘기를 자주 꺼냈지만 엄마는 그때마다 고개를 저었다. 어쩌면 의사 선생님은 오실 시간이 없을지도 모른다. 의사 선생님은 전선에서 부상을 당한 군인들과 폭격에 상처를 입은 희생자들에게 모든 관심이 쏠려 있다.

키로프 의사 선생님도 굶주림 때문에 병이 든 환자들을 치료하길 바라겠지만 어쩔 도리가 없었다. 도시에서는 매일 수백 명이 죽어 갔다. 이 죽음은 레닌그라드가 자유를 위해 치르는 대가의 일부였다.

"오늘 네가 할 일이 있어."

미소를 머금은 엄마는 손을 뻗어 보리스를 침대 가까이로 끌어당겼다.

"완야 삼촌에게 다녀와. 삼촌한테 널 피난자 명단에 올릴 수 있는지 물어보렴."

그때 호수 괴물이 엄마의 눈에서 요란하게 헤엄치기 시작했다.

"보리스, 너만이라도 이 도시를 탈출하는 게 좋을 것 같구나!"

"안 돼요, 절대 안 돼요!"

보리스는 식량을 수송하는 트럭들이 돌아가는 길에 어린아이와 여자들을 태우고 가는 것을 알고 있었다. 그러나 보리스는 아무리 맛있는 음식을 준다 해도 무서운 괴물이 헤엄치는 그 호수 위를 지나가고 싶지 않았다. 그 호수에서 아버지도 빠져 죽었다. 그 어떤 것을 준다 해도 라도가 호수 위를 달리고 싶지 않았다. 그리고 엄마를 혼자 둘 수는 없었다.

"전쟁은 앞으로도 몇 년이나 더 지속될 거야!"

엄마는 몸을 일으키면서 애걸하듯이 보리스를 바라보았다.

"나는 네가 떠났으면 좋겠구나. 너는 반드시 가야 해!"

"저는 괜찮아요! 제가 가면 누가 엄마를 위해 물과 음식을 가져와요?"

"네가 떠날 때쯤이면 나도 괜찮아질 거야!"

보리스와 엄마의 대화는 필요 없는 말들을 주고받는 게임 같았다. 무슨 일이 일어나더라도 보리스는 가지 않을 작정이었기 때문이다. 이 의미 없는 대화를 끝내려고 보리스는 몸을 굽혀 엄마의 이마에 입을 맞췄다. 잠시 두 사람은 각자 다른 생각을 하며 서로를 진지하게 바라보았다.

엄마는 죽어 가고 있는 걸까? 혼자 조용히 죽기 위해 나를 보내려고 하는 걸까? 내가 슬퍼하지 않도록…….

보리스를 보내 주소서, 하느님! 보리스를 이 도시에 머물지 않게 하소서. 보리스를 살려 주소서!

엄마에게는 보리스가 전부였다. 보리스가 떠나면 엄마는 살아갈 힘을 잃을 것이다. 그러나 엄마는 보리스를 위해 죽을 각오가 되어 있었다.

"가서 음식을 가져올게요."

보리스는 일어나면서 말했다.

"옷 잘 입고 가거라."

엄마가 또 한 번 말했다.

보리스는 목도리를 두르고 모자를 썼다. 그리고 램프를 들고 어두운 찬장에서 냄비를 찾으려 했다.

"더 필요한 거 없으세요?"

엄마는 고개를 저었다. 보리스는 외투의 단추를 위에서부터 잠갔다. 엄마가 보지 않기를 바라면서 아버지가 쓰시던 작고 오래된 권총을 재빨리 주머니 속에 넣었다.

작은 권총이 주머니에 있다는 것을 느낄 때마다 과거의 좋은 기억이 떠올랐고 아버지가 있을 때처럼 안정감을 느낄 수 있었다. 문 앞에서 보리스는 엄마에게 손을 흔들어 인사했다. 걱정하고 있다는 걸, 미래에 대해 불안해하고 있다는 걸 엄마가 알아차리게 해선 안 되었다. 보리스는 팔 아래 냄비를 끼고 색 바랜 낡은 계단을 내려갔다.

2

거리에 가득 찬 도시의 소음이 보리스를 맞았다. 눈에 묻혀 단단히 얼어 버린 돌을 곡괭이로 부수는 소리, 군인들이 행진하는 발자국 소리가 거리에 울려 퍼지고 있었다. 선전용 방송차가 자원봉사자들에게 잡다한 일을 시키기 위해 방송하는 소리도 들렸다. 멀리서는 사이렌 소리가 들렸다.

그러나 보리스는 이 소리들에 신경 쓰지 않았다. 보리스는 표트르, 세르게이, 이반, 블라디의 엄마나 수천 명의 다른 아이들처럼 엄마가 혹시 죽을지도 모른다는 생각을 했다. 반드시 먹을 것을 가져가야 했다!

먹을 것이 무엇보다 필요했다. 보리스는 무료 급식소에서 오늘은 음식을 넉넉히 얻을 수 있기를 간절히 바랐다. 지난번에는 양이 너무 적다고 항의해 봤지만 아무 소용이 없었다.

거리에 살을 에는 듯한 바람이 불었다. 보리스는 냄비를 내려놓고 모자를 귀까지 눌러썼다. 반대편에는 폭격을 맞은 집들이 뼈대만 앙상하게 남은 채 눈 속에서 유령처럼 서 있었다.

보리스는 거리에 누워 있는 노인 한 명을 보았다. 얇은 눈 한 겹이 그곳에서 밤을 지샌 노인을 덮고 있었다. 노인은 죽은 것이다. 보리스는 그 노인을 보고 싶지도, 생각하고 싶지도 않았다. 잠시 후 큰 차가 와서 그 노인과 다른 수백 명의 죽은 사람들을 실어 갈 것이다.

레닌그라드에 폭격이 시작된 뒤, 처음으로 거리에서 죽은 사람을 보았을 때 보리스는 절망스러운 마음에 울었다.

그때 아버지는 보리스를 붙잡고 진지하게 말했다.

"우리는 용감해져야 한다, 보리스. 레닌그라드의 모든 사람들은 용감해져야 해. 우리가 용기를 보여 주면, 그 용기가 다른 사람들에게 또 용기를 전해 줄 거야. 오직 용기만이, 새로운 용기만이 우리를 독일군에게 맞서게 해 줄 거야."

아버지는 큰 손수건으로 보리스의 눈물을 닦아 주었다. 그 후로 보리스는 두려워도 더 이상 울지 않았다. 슬픔이 커도 울지 않았다. 혼란과 공포를 느끼며 도시에서 일어나는 끔찍한 일들을 지켜보면서도 울지 않았다. 자렛스키가 찾아와 보리스의 아버지가 러시아와 자유를 위해 목숨을 잃었다는 이야기를 전할 때조차도 울지 않았다. 그러나 그때 보리스는 아버지의 죽음을 받아들이기가 너무나도 힘들었다.

보리스는 계속 걸으며 엄마를 생각했다. 엄마는 반드시 살아야 했다. 엄마가 죽는다면 자유가 무슨 의미가 있을까? 식량을 받아야 했다. 무료 급식소에서 나눠 주는 무 수프는 물처럼 묽어서 보리스의 몫 일부를 엄마에게 줘도 충분하지 않았다. 그동안 엄마도 보리스에게 자신의 몫을 얼마나 많이 덜어 주셨을까?

"보리스, 기다려!"

보리스는 몸을 돌렸다. 나디아가 보리스를 향해 걸어오고 있었다. 나디아는 자기 오빠 신발을 신었는데 신발이 너무나 컸다. 나디아의 입김은 턱까지 감싼 울 목도리에 하얗게 얼어붙어 있었다.

보리스는 나디아가 반가웠다. 이제 무료 급식소로 가는 길을 혼자 걸을 필요가 없게 되었다. 나디아와 엄마에 대하여 이야기할 수도 있다. 나디아는 보리스보다 두 살 더 많았다. 보리스는 나디아의 가느다란 다리에 비하면 배처럼 커 보이는 신발에 대하여 농담을 하고 싶었다.

그러나 나디아의 얼굴을 보는 순간 놀라서 아무 말도 하지 못했다. 나디아의 얼굴은 극도로 창백했고, 무시무시한 일을 겪은 듯 굳어 있었다. 굵은 눈물이 볼을 따라 흐르다 울 목도리에 떨어졌다. 울고 있는 것일까? 아니면 살을 에는 바람 때문에 눈물이 난 것일까?

보리스는 아무것도 묻지 않았다. 그들은 함께 폐허 더미를 따라 눈 내린 길을 걸었다.

"오늘은 맛있는 음식을 받으면 좋겠다."

보리스가 말했다. 나디아에게 무언가 친근한 말을 걸고 싶었지만 아무것도 생각나지 않았다.

"오늘도 무 수프일 거야."

나디아가 말했다.

"며칠 후 강이 더 얼고 트럭이 달릴 수 있게 되면 좀 더 나은 음식을 주겠지. 그리 오래 걸리지는 않을 거야."

보리스가 말했다.

보리스는 모자 아래로 슬쩍 나디아를 바라보았다. 나디아의 얼굴은 아직도 멍한 채였다.

"며칠은 금방 지나갈 거야."

"계속 얼음이 얼어야 가능한 일이야."

나디아가 말했다.

"만일 얼음이 녹는다면, 더 오래 기다려야겠지."

보리스와 나디아는 구석을 돌아서 광장을 건넜다. 광장의 동상들은 모두 모래주머니로 가려져 있었다. 합판에 못질을 해서 문을 막아 버린 가게들이 늘어서 있는 좁은 거리도 지났다.

보리스는 문득 나디아를 쳐다보았다. 나디아는 아직도 슬퍼 보였다. 평소 나디아는 재미있는 일들을 많이 생각해 냈고 바보처럼 행동해서 사람들을 웃게 만들었다. 나디아 때문에 너무 웃다가 눈물을 흘린 적도 많았다. 틀림없이 무언가 심각한 일이 나디아에게 생긴 것이 분명했다.

그러나 지금 그걸 물어볼 수는 없었다. 보리스는 외투 주머니에 있는 권총을 만졌다. 문득 아버지가 했던 말이 생각났다.

'우리의 용기가 다른 사람들에게 용기를 줄 거야!'

나디아에게 무슨 말을 해야 할까?

라디오에서 아나운서의 목소리가 퍼져 나왔다. 최신 전쟁 뉴스였다. 러시아의 다른 지역에서도 독일군과 전투가 벌어지고 있었다. 그곳에 있는 사람들도 무 수프만 먹을까? 보리스는 전쟁이 일어나기 전에 먹지 않았던 음식을 생각하면 안타까웠다. 그 음식을 다시 가져올 수 있는 마법이 있다면 좋을 텐데! 음식을 생각하자 잠시 입안에 침이 돌았다. 엄마가 그 음식을 먹는다면 금방 나을 텐데.

"나는 커서 군인이 될 거야!"

보리스가 나디아에게 말했다. 음식 생각은 하지 말자. 배가 두 배로 더 고파지니까.

"네가 크면, 전쟁은 끝나."

나디아가 말했다. 나디아의 굳은 입가에 짧은 미소가 스쳤다.

"그때까지 전쟁이 안 끝나면 좋겠어."

보리스가 중얼거렸다.

보리스는 자기 아버지를 죽인 독일군과 싸우고 싶었다. 레닌그라드에서 수천 명이 죽고, 집들이 폐허로 변하고 사람들이 굶주림으로 고생하는 것은 모두 독일군 때문이었다.

"나는 의사가 될 거야."

나디아가 말했다.

"영화배우가 아니고?"

나디아는 고개를 저었다.

나디아는 항상 영화배우가 될 거라고 했었다. 그런데 왜 갑자기 그 생각이 변한 걸까? 나디아는 더 이상 말이 없었다.

보리스와 나디아는 커다란 교회를 따라 걸었다. 등이 굽은 할머니 두 분이 성호를 그은 후 서로에게 팔을 의지하면서 계단 위에 있는 교회 입구로 걸어가고 있었다. 저 할머니들은 레닌그라드를 도와 달라고 하느님께 기도할까?

"너는 하느님이 있다고 믿니?"

갑자기 보리스가 물었다.

"아니!"

나디아가 말했다. 나디아의 대답이 너무나 분노에 차 있어서 보리스는 더 이상 묻지 못했다. 엄마는 하느님이 존재한다고 했다. 하느님이 존재한다면 왜 이 세상으로 내려와 이 모든 비극을 끝내지 않는 걸까?

무료 급식소에 도착했다. 다행히도 기다리는 줄이 그다지 길지 않았다. 한 시간 안에 차례가 돌아올 것 같았다.

둘은 천천히 앞으로 나아갔다. 나디아는 매우 초조해 보였다. 마치 기다리는 줄에서 뜻하지 않은 위험이 도사리고 있는 것처럼 두려운 듯 계속 주위를 돌아보았다.

"무슨 일 있어?"

보리스가 물었다.

"조용히 해."

나디아가 화가 난 듯이 속삭였다. 나디아는 경련이 일어나기라도 한 듯 식권을 꽉 쥐었다. 그때 나디아 차례가 되었다. 그러나 나디아는 나무 막대기처럼 가만히 서 있었다. 추워서인지 나디아의 얼굴은 더욱 창백해졌다.

"빨리 앞으로 와라!"

무 수프를 퍼 주던 사람이 외쳤다. 나디아는 잠시 망설이더니 당황한 모습으로 급식을 담당하는 사람들을 쳐다보았다. 그러나 식권을 내밀지는 않았다. 보리스는 나디아의 손이 떨리는 것을 보았다.

"왜 그래? 어서 가."

보리스가 중얼거렸다.

보리스는 나디아를 옆으로 살짝 밀었다. 마침내 나디아가 한 발짝 앞으로 나갔다. 나디아는 추위로 빨개진 차가운 손으로 도장을 찍어 주는 사람에게 식권을 내밀었다. 4인분이라고 그 사람이 외쳤다.

보리스는 나디아의 냄비가 어느 정도 채워지는지 주의 깊게 바라보았다. 나디아는 국자로 네 번이 되는 양만큼을 받았다. 나디아가 받은 무 수프는 괜찮아 보였다. 수프 안에는 고기와 작은 감자 조각 몇 개가 둥둥 떠다녔다. 나디아가 수프를 많이 받고 흐뭇했으려나? 보리스는 짐작할 수 없었다. 나디아는 굳은 얼굴로 눈을 아래로 깔더니 황급히 옆으로 비껴 섰다. 그러고는 누군가가 빼앗아 갈 것을 두려워하는 사람처럼 냄비를 몸 쪽으로 바짝 끌어안았다.

보리스 차례가 되었다. 보리스는 긴장한 채 수프 냄비 속으로 들어가는 커다란 국자만 바라보았다. 국자가 다시 위로 올라왔을 때 보리스는 실망했다. 국자는 넘치지 않았다.

보리스는 애원하듯이 국을 푸는 사람을 바라보았지만 아무 말도 할 수 없었다. 지난번에도 아무 소용 없지 않았던가? 두 번째 국자가 넘치길 바랐다. 그러나 두 번째 국자 역시 완전히 채워지지 않았다. 보리스의 눈에는 눈물이 글썽거렸다.

"우리 엄마가 아파요."

보리스는 속삭이듯 말했다.

식권 확인 도장을 찍는 사람이 다음이라고 외쳤다. 몸집이 큰 아주머니가 보리스를 슬쩍 밀었다. 보리스는 천천히 나디아가 기다리고 있는 곳으로 걸어갔다.

"많이 받았어?"

나디아가 물었다.

보리스는 고개를 저었다. 보리스는 나디아에게 바로 대답할 수 없었다. 목에 공 같은 것이 걸린 것 같았기 때문이다. 보리스는 그것을 삼키고 난 후에야 나디아를 바라볼 수 있었다.

그때 놀랄 만한 일이 벌어졌다. 나디아가 웃고 있는 것이었다. 나디아가 오늘 처음으로 보리스를 환하게 쳐다본 것이다.

"이리로 네 냄비를 가지고 와!"

명령하듯 나디아가 말했다. 나디아는 뚜껑을 열더니 많은 양의 무 수프를 보리스의 냄비에 쏟았다.

"하지만 나디아, 그럼 너는 어떻게 하려고?"

보리스가 놀라서 말했다.

"쉿!"

나디아가 말했다. 그러고는 누가 듣나 안 듣나 주위를 둘러보았다.

"아무한테도 말하면 안 돼."

나디아가 조용히 말했다.

"누구에게도 내가 음식을 주었다고 말하면 안 돼. 그렇지 않으면 끔찍한 일이 벌어질 거야!"

"왜?"

보리스는 이해하지 못하겠다는 듯이 물었다.

"너 스티포레프 기억하니?"

나디아가 속삭였다.

보리스는 고개를 끄덕였다. 보리스가 살고 있는 거리 근처에서 살았던 스티포레프는 식권을 조작했다. 그 일은 굶어 죽어 가는 사람이 많은 이 도시에서 가장 심한 범죄였다.

결국 식권 조작은 발각되었고 군인들이 집으로 들이닥쳐 스티포레프를 집에서 끌어내어 즉시 처형했다.

"나도 식권을 조작했어."

나디아가 속삭였다. 그러더니 울기 시작했다. 눈물이 나디아의 창백한 볼에 주르륵 흘러내렸다.

"보리스, 아무에게도 얘기하지 마. 절대로 아무에게도 얘기하지 마."

나디아는 흐느끼면서 말했다.

"도대체 어떻게 한 건데?"

보리스가 놀라서 나디아를 쳐다보면서 물었다. 보리스는 나디아가 그런 짓을 했다는 사실을 믿을 수 없었다.

나디아는 몸을 숙이며 조용히 말했다.

"어제 오후에 아버지가 돌아가셨어. 그리고 오늘 아침에 일어나 보니 세르요자 오빠가 죽어 있었어……."

그 순간 보리스는 어떻게 된 일인지 알 것 같았다. 나디아는 이제 엄마와 단둘이 남게 되었다. 그런데 나디아는 4인분 음식을 받아 냈던 것이다.

"오, 나디아!"

보리스는 나디아와 함께 다시 발걸음을 옮기기 시작했다. 걸으면서 보리스는 자신이 눈물을 흘린다는 사실조차 깨닫지 못했다. 멀리서 독일군 대포 소리가 이어졌다.

3

오랫동안 보리스와 나디아는 각자의 생각에 잠긴 채 조용히 걸었다. 교회를 지날 때 나디아가 말을 꺼냈다.

"엄마를 위해 그랬어, 보리스. 엄마를 위해 그랬다고!"

보리스는 이해할 수 있었다. 그렇지만 정당한 것은 아니었다. 이 도시에는 영양실조에 걸린 수백 명의 어머니들, 굶어 죽기 직전인 수백 명의 아버지들, 배고파 죽겠다고 우는 수백 명의 아이들이 있었다. 레닌그라드에 살고 있는 모든 사람은 같은 양을 배급 받았다. 식량은 모두 공정하게 분배되었고 사람들 역시 그 사실을 의심하지 않았다.

보리스는 눈치채지 못하게 나디아를 쳐다보았다. 나디아는 더 이상 울지 않았지만 식권을 조작했다는 사실에 온 신경을 곤두세우고 있는 게 얼굴에 드러났다. 보리스는 무슨 말을 해야 할지 몰랐다. 나디아의 아버지는 죽었고, 오빠는 더 이상 깨어나지 않았다. 나디아의 아버지와 오빠가 나디아네 집에 아직도 누워 있을까? 아니면 큰 차가 와서 아까 길에서 봤던, 눈 위에 누워 있던 노인과 함께 싣고 갔을까?

"내가 조금 이따가 무 수프를 조금 더 덜어 줄게."

나디아가 조용히 말했다.

보리스와 나디아는 나란히 동상이 있는 광장을 천천히 걸어갔다. 보리스는 고개를 끄덕거리는 자신이 부끄러웠다.

보리스는 아침, 엄마 침대 곁에서 기적이 일어나게 해 달라고 기도했었다. 영양이 풍부한 음식을 많이 받는 기적 말이다. 나디아가 식권을 조작한 것이 자신이 바랐던 기적이었을까?

누군가가 이 사실을 발견한다면 나디아는 처형당할까? 이런 생각을 하자 소름이 끼쳤다. 돌아가서 모든 사실을 솔직하게 고백하는 것이 나을 것도 같았다.

"이리 와."

나디아가 말했다. 나디아는 공원으로 들어갔다. 덤불이 있는 조용한 장소에서 나디아는 멈추었다.

"네 냄비를 들어."

보리스는 망설이다가 냄비 뚜껑을 열었다. 나디아는 흘리지 않게 조심하면서 무 수프를 부어 주었다. 보리스는 가만히 무 수프를 받았다. 이제 자신도 공범이 된 것이다. 하지만 엄마를 위해 한 것이다.

"아무에게도 말하면 안 돼."

나디아는 다시 한번 강조했다.

"약속할게."

보리스가 속삭이듯 말했다.

나디아는 안심한 듯 미소 지었다. 공원을 지나서 다시 광장으로 돌아갈 때 나디아의 얼굴은 조금 더 밝아 보였다.

"냄비 잘 들어라."

대공포를 지키고 있던 군인 한 명이 보리스와 나디아를 보고는 외쳤다.

다른 군인들은 몸을 따뜻하게 하려고 팔을 가슴에 문질렀다. 보리스는 고개를 끄덕였다. 그렇지만 군인들에게 끄덕였다기보다는 자신에게 끄덕인 것이다. 보리스는 비록 자신의 몫이 아닌 무 수프까지 받았지만 그래도 냄비를 꽉 붙잡았다. 개운한 기분은 아니었다.

그러나 잠시 후면 엄마에게 무 수프를 그릇 가득, 아니 넘칠 정도로 드릴 수 있을 것이다. 무 수프의 상태는 괜찮았다. 보리스는 나디아에게 미소를 지어 보였다. 나디아는 오빠와 아버지의 죽음으로 마음이 아플 것이다. 이제 식권을 조작해서 얻어 낸 무 수프의 짐을 나디아 혼자서 질 필요가 없기 때문에 잘된 일이었다.

공원 출구에 다다른 보리스와 나디아는 잠시 기다려야 했다. 군인들을 가득 태운 화물차들이 줄지어 빠른 속도로 달리고 있었다. 군인들은 짐칸에 똑바로 서서 어깨에 총을 메고 웃으면서 나디아와 보리스에게 손을 흔들었다.

보리스는 두 손으로 냄비를 꽉 붙잡고 있느라 그들에게 손을 흔들어 줄 수 없어 미안했다. 독일군과 싸우려고 전방으로 가는 것일까? 나중에 보리스도 군인들 사이에 서게 될지도 모른다. 보리스는 나중에 커서 군인들과 함께 레닌그라드를 위해 싸울 거라고 다짐했다.

갑자기 보리스와 나디아 뒤에서 사이렌이 울렸다. 보리스는 너무 놀라서 옆쪽으로 뛰어가다 나디아와 부딪쳤다. 그 순간 보리스의 냄비가 흔들리며 뚜껑 사이로 무 수프가 흘러나와 땅바닥으로 떨어졌다. 보리스는 하얀 눈 위에 남은 붉은색 무 수프의 흔적을 보면서 아쉬워했다. 도시 전체에 사이렌 소리가 울려 퍼졌다.

"가자."

나디아가 말했다. 광장 구석에는 지하 대피소를 가리키는 방향 안내판이 서 있었다. 사방에서 사람들이 광장으로 달려왔다. 대공포를 지키던 군인들은 미친 사람들처럼 대포를 사격 위치로 돌려 놓았다.

나디아는 빨리 걷기 시작했다. 보리스도 나디아를 따라 달려갔다. 그러나 한 발자국을 내디딜 때마다 무 수프가 냄비 뚜껑에 부딪치며 뚜껑 사이로 흘러나오고 있었다.

"너무 빨리 달리지 마!"

보리스가 나디아에게 외쳤다. 군인들을 실은 트럭들은 멈추지 않고 계속 지나갔고 행렬의 마지막 트럭까지 지나갔다.

"겁내지 마! 우리가 독일군을 이길 거야!"

털모자로 한쪽 귀만 둘러쓴 젊은 군인 한 명이 소리쳤다.

보리스는 무섭지 않았다. 레닌그라드에서 사이렌은 이미 수백 차례나 울렸었다. 보리스는 단지 무 수프를 너무 많이 흘리게 될까 봐 두려웠다.

"침착해."

나디아가 말했다. 나디아는 걷는 속도를 조절했다. 나디아 역시 최대한 무 수프를 흘리지 않으려고 애쓰고 있었다. 둘은 무 수프를 흘리지 않으려고 하면서 할 수 있는 한 빨리 거리를 지나 지하 대피소로 향했다.

그다음 순간 수백 가지의 일들이 동시에 일어났다. 찢어지는 듯한 소리가 하늘에서 들리고 강렬한 빛이 번쩍이더니 잠시 후 독일군 비행기가 구름 위에서 아래로 소리를 내며 다가왔다. 광장 건너편에서는 할머니 한 분이 넘어졌다. 아이 둘을 데리고 가던 어떤 아주머니는 안전한 장소를 찾아 헤매고 있었다.

"빨리, 빨리!"

나디아가 숨넘어가는 소리로 외치며 공원으로 다시 뛰어갔다. 기관총이 덜덜거리기 시작했다. 여기저기에서 사람들이 피할 곳을 찾느라 뛰고 있었다. 몇몇 사람들은 길거리에 털썩 엎드렸다.

"보리스! 빨리!"

나디아가 숨을 헐떡이며 외쳤다. 그러나 보리스는 무 수프에만 신경을 쏟고 있었다. 나디아를 따라 달려가면서 엄지손가락으로 경련이 일어날 정도로 세게 냄비 뚜껑을 눌렀다.

아주 커다란 엔진 소리가 들렸다. 전투기는 이제 가까이 와 있었다. 나디아는 왼쪽으로 비켜서 공원 벽 뒤편에 피할 곳을 찾았다.

그때 귀가 먹을 정도로 요란한 소리가 들렸고 보리스는 순간적으로 마치 위로 솟는 것 같은 느낌을 받았다. 보리스를 땅에서 들어 올릴 정도로 강력한 폭풍이 몰아치는 것 같았다.

"내 무 수프!"

보리스는 충격으로 몸의 절반이 마비되는 것 같은 느낌을 받으며 땅바닥으로 쿵 하고 떨어졌다. 잠시 후 세상이 다시 조용해졌다. 얼마 동안 보리스는 숨을 쉴 수 없었다. 놀라서 눈을 감은 채 눈 위에 엎드려만 있었다.

찢어지는 듯한 전투기 소리가 네바 강 쪽으로 서서히 사라졌다. 사람들의 발자국 소리가 꿈속에서처럼 희미하게 들려왔다. 누군가 명령하는 것 같았고 광장에 있는 누군가는 도움을 외치고 있었다.

"악당들, 빌어먹을 놈들, 살인자!"

한 남자가 하늘에 대고 소리치고 있었다.

그러는 사이 한 아주머니의 울음소리와 부상자의 신음 소리가 들렸다. 달려가는 사람들의 발자국 소리가 보다 가깝게 들렸다. 보리스는 누군가가 자신에게 몸을 굽히는 것을 느꼈다.

"얘야, 얘야!"

보리스는 천천히 눈을 떴다. 총을 멘 군인이 보리스 위에서 몸을 숙이고 있었다.

"아픈 데라도 있니? 다쳤니?"

폭격 때문에 거의 반쯤 귀가 안 들리는 상태로 보리스는 고개를 저었다.

그때 보리스는 몇 미터 떨어진 곳에서 천천히 머리를 들고 일어서는 나디아를 보았다. 나디아의 얼굴에 검은 줄이 보였다. 땅에 얼굴을 파묻으려 하다가 생겨난 줄이었다. 나디아의 스타킹은 무릎 부분이 찢겨 있었다. 외투에 묻은 눈과 모래를 털어 내고 있는 나디아는 마치 몽유병 환자처럼 보였다.

"보리스, 보리스…… 오, 보리스……."

나디아가 무슨 말인지도 모르게 외쳤다. 나디아는 아주 작고 힘없이 보였다. 나디아는 당황하면서 땅 위의 눈을 바라보고 있었다.

그 순간 보리스는 나디아가 어디를 바라보는지 알았다. 눈 속에 보리스의 냄비가 엎어져 있었다. 무 수프가 사방으로 튀어 작은 무 조각, 작은 고깃덩어리, 그리고 감자 조각이 눈 위에 쓸쓸히 흩어져 있었다. 보리스도 놀라서 군인들을 바라보았다. 그러고는 냄비 쪽으로 기어갔다. 장갑을 벗고 손으로 무 수프를 냄비에 담아 보려고 했다.

"내버려 둬라, 애야."

군인이 조용히 말했다.

그러나 보리스는 눈 위를 허우적거렸다. 몸을 돌릴 수가 없었다. 군인한테 자신의 눈물을 보이고 싶지 않았던 것이다. 그때 나디아가 다가와 꿇어앉더니 아무 말도 하지 않은 채 보리스를 감싸 안아 주었다.

군인은 흘린 무 수프를 보았다. 안타까운 일이었다. 그러나 군인으로서 이런 일 때문에 마음이 흔들리면 안 되었다. 죽어 가는 도시 레닌그라드의 군인으로서 더 엄청난 일들을 봐 왔던 것이다.

"얘들아, 일어나라!"

군인은 용기를 북돋으려 했다.

"세상에는 이보다 더 심한 일들도 많이 있단다!"

잠시 후 군인은 발걸음을 옮겨 성큼성큼 광장으로 걸어갔다. 그곳에는 부상당한 사람들과 죽어 가는 사람들이 도와 달라고 외치고 있었다.

"가자."

나디아가 말했다. 나디아는 냄비를 들었고 보리스가 일어나도록 도와주었다. 둘은 광장으로 가지 않고 다시 공원 쪽으로 발걸음을 옮겼다. 나디아는 돌아가는 길에 보리스를 집에 데려다줄 생각이었다. 광장에서 일어난 일을 안다는 사실만으로도 충분히 끔찍했다. 그 광경을 다시 보고 싶지 않았다.

보리스와 나디아는 반쯤 정신이 나간 상태로 빈 냄비를 들고 공원을 걸으면서 한 가지만 생각했다.

무료 급식소에서 나쁜 짓을 했기 때문에 벌을 받은 것일까? 그러나 그것이 벌이었다면, 군인들이 가득 탄 트럭은 왜 독일군의 폭격을 받아야 했단 말인가?

마음이 텅 빈 채로 보리스는 걸었다. 엄마한테 빈손으로 돌아왔다고 어떻게 얘기하지?

"아까 일은 너무 신경 쓰지 마, 보리스."

나디아가 말했다.

"음식을 구할 수 있는 다른 방법을 알고 있어!"

전혀 예상하지 못했고 또 믿기지 않는 말이라 보리스는 놀란 채 가만히 서 있었다.

"내가 조금 이따 말해 줄게."

나디아는 보리스를 자신의 위험한 계획에 끌어들여야 할지 말지 확신이 서지 않았다. 게다가 저 앞에서는 거리 청소하는 사람과 행인들이 걸어오고 있었다. 사람들은 폭탄이 떨어진 장소로 가고 있었다. 죽어 가는 도시 레닌그라드에서는 무슨 일이 일어나든 인생은 계속되어야 했다.

4

"잘 들어 봐."

청소차가 지나갈 때 나디아가 말했다. 보리스의 가슴이 불안하게 뛰었다. 나디아가 꿰뚫어 보는 것 같은 비밀스러운 눈빛으로 바라볼 때, 보리스는 불안한 무언가가 다가오고 있는 것 같았다.

"감자가 많이 있는 곳을 알아."

나디아가 말했다. 잠시 동안 희망에 찬 밝은 빛이 나디아의 눈에서 반짝였다. 보리스는 어리둥절한 채로 나디아를 쳐다보았다. 레닌그라드에서 감자가 있는 곳은 무료 급식소 창고뿐이었다. 오늘 아침에도 사건이 많았는데 설마 나디아가 무료 급식소 감자를 탐내고 있는 걸까?

"감자가 어디에 있는데?"

보리스가 도저히 믿을 수 없다는 듯이 물었다. 나디아는 깊은 한숨을 내쉬었다. 나디아는 잠시 곰곰이 생각하다가 보리스에게 조심스럽게 설명하기 시작했다.

"도시 밖에 있는 들판이야. 거기에 사람들이 묻어 두었어!"

가장 중요한 말이 나왔다. 나디아는 긴장한 채 보리스의 반응을 기다렸다.

"아, 거기……!"

보리스는 중얼거렸다. 도시 밖에 있는 들판은 갈 수 없는 곳이었다. 그 들판은 독일군과 러시아군 주둔 기지 사이에 놓인 주인 없는 땅과 같았다. 거기에 가는 것은 금지되었을 뿐만 아니라 목숨이 위태로울 수도 있었다.

보리스는 갑자기 우울해졌다. 가질 수 없는 감자가 무슨 소용이 있을까? 나디아는 왜 소용없는 얘기를 꺼내 사람을 들뜨게 만든 걸까?

"내가 거기 가는 길을 알고 있어."

나디아가 재빨리 말했다. 그리고 보리스를 향해 몸을 굽히며 말을 계속했다.

"세르요자 오빠가 어제 잠자기 전에 얘기해 줬어!"

나디아는 중요한 말을 하고 있다는 걸 확실히 하기 위해 귓속말로 했다.

보리스는 창피해서 고개를 숙였다. 짧은 순간이나마 나디아를 의심한 것이 미안했다. 세르요자가 죽기 전에 말했다! 그게 그렇게 중요한 걸까? 그러나 보리스는 곧 왜 나디아가 그 위험한 계획을 실행하려는지 알 것 같았다. 세르요자는 다시는 깨어나지 못할 잠을 자기 전에 그것을 말했던 것이다! 보리스는 사람이 죽기 직전에는 나쁜 말을 하지 않는다는 것, 유언은 깊은 뜻이 담겨 있다는 것을 어렴풋이나마 알고 있었다.

"가는 게 어렵지 않을까?"

나디아는 고개를 저었다.

"어디로 가야 하는지 정확하게 알아."

나디아는 확신에 차서 말했다.

"그것도 매우 자세하게."

보리스는 고개를 끄덕였다. 그 계획에 대하여 얘기하는 것은 기분 좋은 일이었고 잠시 동안 다른 일을 모두 잊을 수 있었다.

긴 사이렌 소리가 공습이 끝났음을 알려 주었다. 사방에서 사람들이 다시 나타나기 시작했다. 한 부인이 거리에 놓아 둔 자신의 물 양동이 두 개를 물지게에 걸기 위해 몸을 숙였다. 삶이 다시 계속되었다.

"자루와 외투 아래 숨길 수 있는 삽 하나를 가져가야 해."

나디아가 말했다. 보리스는 끄덕였다. 보리스는 텅 빈 석탄 저장소에 있는 석탄 삽을 가져갈 생각이었다.

"그리고 엄마한테 좀 오랫동안 나갔다 올 거라고 말하는 것도 잊지 말고!"

나디아는 도움이 되는 이야기를 이것저것 해 주었다. 보리스는 엄마를 안심시키기 위해 핑곗거리를 생각해 두어야만 했다. 나디아의 집 앞에서 가능한 한 빨리 떠나기로 약속하는 동안 보리스는 계속해서 땅만 바라보았다. 나디아가 살고 있는 건물의 2층 창문을 바라볼 용기가 없었다.

나디아 아버지와 세르요자의 시체가 아직 있을까? 큰 차가 이미 다녀갔을까? 보리스는 조심스럽게 모자 아래로 길 건너편을 바라보았다. 눈 위에 누워 있던 노인은 사라지고 없었다. 단지 그 노인이 누워 있던 흔적만 남아 있을 뿐이었다…….

보리스는 엄마에게 사실대로 말할 수가 없었다. 그냥 폭격 때문에 배급이 오후로 미루어졌다고 설명했다. 그리고 엄마를 등지고 서서 나디아와 어디 잠깐 다녀와야 한다고 덧붙였다. 새빨간 거짓말이라기보다는 어린애의 유치한 말처럼 들렸다.

"완야 삼촌에게도 간다고 약속할 거지?"

보리스는 등을 돌려 엄마를 바라보았다. 엄마는 보리스를 탈출시키려고 애쓰고 있었다.

"아뇨."

보리스는 단호하게 말했다.

"가고 싶지 않아요. 무슨 일이 일어나도 엄마와 함께 있을 거예요."

엄마는 손을 떨면서 시트를 꼭 붙잡았다. 엄마가 뚫어질 듯 오랫동안 바라보았기 때문에 보리스는 눈을 아래로 내리깔았다. 엄마는 내가 더 이상 어린아이가 아니라는 것을 느꼈을까?

"보리스, 펜과 공책을 갖다 주겠니?"

엄마는 아직도 보리스의 진짜 속마음을 이해하지 못한 채 탈출 준비 위원회에 편지를 쓰려고 하는 것 같았다. 보리스는 더 이상 반항하지 않았다. 아마 수천 명의 어머니들이 탈출 준비 위원회에 가슴이 찢어질 듯한 절절한 사연이 담긴 편지를 썼을 것이다.

오늘 밤 감자를 가지고 돌아온다면 엄마에게 자신이 이 집에서 필요한 사람이라는 것을 보여 줄 수 있을 것이다. 그리고 자신이 더 이상 쫓아내야 하는 어린아이가 아니라는 것도 확신시킬 수 있을 것이다.

보리스는 서둘러 공책과 잉크, 그리고 펜을 집어서 침대 옆 탁자 위에 놓았다. 그러고는 구석에 놓여 있던 양동이에서 물을 따라 엄마의 빈 유리컵을 채웠다. 엄마에게 계획을 들키지 않으려고 보리스는 엄마를 쳐다보지 않고 볼에 입을 맞추었다.

"다녀올게요, 엄마."

보리스는 바라던 대로 아무 일 없는 것처럼 인사를 했다. 마치 구슬치기하러 가는 것처럼 힘차고 상기된 목소리였다.

석탄 삽은 쉽게 찾을 수 있었다. 보리스는 외투 안쪽에 자루를 감췄다. 그리고 평소보다 더 뚱뚱하게 보이는 상태로 거리로 나섰다. 오래된 권총은 아직도 주머니에 있었다. 보리스는 잠시 권총을 더듬었다. 그건 마치 아버지에게 엄마를 잘 보살피겠다고 다짐하는 것 같았다.

나디아는 거리에 서서 기다리고 있었다. 다가가는 동안 잔뜩 눈썹을 찡그리고 머리끝에서 발끝까지 심각한 눈빛으로 쳐다보는 게 보리스는 마음에 걸렸다.

내가 같이 가기엔 어리다고 생각하는 것일까? 나에게 용기가 있는지 의심하고 있는 것은 아닐까? 일부러 보리스는 자기 몸집을 크게 보이려 했다. 그리고 가슴을 쭉 펴고 무관심하게 쳐다보려고 노력했다.

"가자."

보리스가 큰 소리로 말했다.

그때 나디아의 얼굴에 미소가 감돌았다. 그것은 우정이 담긴 따뜻한 미소였다. 나디아는 보리스가 와서 기쁜 게 분명했다.

"그래."

나디아는 손을 뻗어서 보리스를 잡아당겼다. 보리스와 나디아는 나란히 손을 잡고 거리를 끝까지 걸었다. 식권을 조작해서 처형을 당한 스티포레프가 살았던 집을 지나서, 영웅으로 전사한 발렌티나 칼마가 살던 집을 지나고, 멀리 떨어진 수용소에 포로로 감금된 빅토르 조로프의 집, 그리고 이제는 불에 타서 쓰레기로 변한 이반과 니나의 집을 지났다.

나디아는 모든 것이 다 잘될 것이라고 다짐하듯 보리스의 손을 굳게 잡았다. 보리스는 자기가 무서워하지 않는다는 것을 보여 주기 위해 고개를 끄떡였다.

쓰레기를 실은 트럭, 물을 실은 커다란 탱크, 구급차, 그리고 군인들을 실은 트럭이 거리를 달렸다. 몇 군데에서는 어린아이와 아주머니들이 물을 받기 위해 줄지어 기다리고 있었다. 그렇게 물을 타서 집으로 가다 보면 도중에 얼기 일쑤였다. 물이 얼어 버리면 물을 쏟지 않는다는 장점이 있었다. 그러나 그 얼음을 차가운 방에서 녹이는 것은 지독히 힘든 일이었다.

보리스와 나디아는 거의 말을 하지 않았다. 가끔씩 앞으로 벌어질 일들에 대해 짤막한 말만 주고받을 뿐이었다.

"공습경보만 울리지 않는다면……."

나디아가 근심스럽게 말했다. 보리스도 동의하듯 고개를 끄덕였다. 공습경보가 울리면 일이 늦어지게 될 것이다.

"다리 밑에 얼음이 얼었으면 좋겠어."

보리스도 그렇게 바라고 있었다.

보리스는 꿈속에서 본 무서운 괴물이 다리 아래 어두운 물속에서 헤엄을 치는 모습을 상상했다.

"많이 걸어야 해."

나디아가 사거리를 지나 한숨을 쉬었다. 보리스는 나디아가 많이 불안해한다는 걸 느낄 수 있었다. 이 일은 힘든 모험이 될 것이다. 보리스는 두려움 없이 나디아 옆에서 굳세게 걸었다.

이제 두 사람은 아무도 좋은 방법이라 여기지 않는 일을 하려는 것이다! 보리스도 그 사실을 잘 알고 있다.

그러나 먹을 것을 구해야만 했다. 그리고 세르요자가 죽기 전에 말한 일이 아닌가!

보리스와 나디아는 전쟁놀이를 하고 있는 아이들을 지나쳤다. 아이들은 허물어진 집의 부서진 돌로 요새를 만들었다. 아이들의 목소리가 요새 안에서 들렸다.

"너희가 독일군이고 우리가 러시아군이야!"

"싫어. 우리가 러시아군 할 거야!"

아이들은 전쟁놀이를 시작하기도 전에 서로 다투기 시작했다. 아이들 중 아무도 독일군 역할을 하고 싶어하지 않았다.

보리스와 나디아는 아직도 문을 열고 있는 몇 개 되지 않는 가게 앞을 지났다. 가게 앞에는 물건을 사려고 기다리는 사람들이 길게 늘어서 있었다. 둘은 레닌그라드 시민의 사기를 북돋우는 격려문이나 폭탄 경고문이 적힌 벽보를 따라서 걸었다.

"얘들아, 거기 서!"

보리스와 나디아가 시내 외곽 가까이 갔을 때 군인 한 명이 둘을 불러세웠다.

보리스는 심장이 목구멍까지 거칠게 뛰는 기분이었다. 나디아 역시 매우 놀란 것 같았다. 나디아는 잡았던 손을 놓고 비밀을 숨기는 것처럼 가슴에 팔을 딱 붙였다.

"너희들 바로프 거리를 아니?"

보리스는 절망적으로 나디아를 바라보았다. 보리스는 바로프 거리를 한 번도 들어 보지 못했고 나디아도 마찬가지였다. 만일 군인이 둘의 계획을 알아차리게 되면 다시 집으로 돌려보낼까?

나디아는 침을 두 번이나 삼켰다. 그리고 그 군인의 눈을 똑바로 쳐다보았다.

"이 길을 따라 쭉 가셔야 해요. 그리고 두 번째 골목에서 왼쪽으로 가셔서 그곳에서 다시 물어보세요."

"고맙다."

군인은 큰 손으로 보리스의 머리를 쓰다듬어 주고는 나디아가 가리켰던 방향으로 걸어갔다.

"빨리 가자!"

나디아가 갑자기 크게 소리쳤다. 나디아는 화가 나 있었다. 보리스는 나디아가 왜 그러는지 알 수 없었다. 나디아는 몇 미터마다 주위를 둘러보았다. 그러나 보리스는 아무것도 묻지 않았다.

"사실은 바로프 거리가 어디에 있는지 몰라."

나디아가 한참 이따가 말했다.

"그냥 아무거나 이야기했을 뿐이야."

나디아는 자유를 위해 싸우는 군인에게 거짓말을 했다는 사실에 괴로워했다. 나디아의 마음을 잘 이해한다는 뜻으로 보리스는 나디아의 손을 잡아 주었다. 나디아의 얼굴에 미소가 떠올랐다.

"네가 나랑 같이 가서 기뻐."

나디아가 말했다.

"나도 그래."

보리스가 말했다. 보리스는 길을 가면서 얼마나 많은 감자를 짊어지고 갈 수 있을지 계산해 보았다. 운이 좋으면 한 달은 감자를 먹을 수 있을 것이다.

보리스와 나디아는 이제 도시 끝에 도착했다. 철조망 장애물과 탱크가 널려 있었고, 폐허 잔해물로 방어선을 보강하고, 폐허 더미를 정리하고 있는 사람들이 몇 명 보였다. 이곳에 있는 집들은 주인들이 떠나고 구멍이 뚫리고, 폭격으로 망가져서 유령 같았다. 여기에 살던 사람들은 지금 어떻게 되었을까?

보리스와 나디아는 폐허 더미를 올라갔다. 초소가 건너편 끝에 있었기 때문에 둘의 행동은 눈에 크게 띄지 않았다. 끝에 늘어선 집들엔 돌과 철골 구조와 유리가 아직 허물어지지 않은 벽들 사이에 수북이 쌓여 있었다. 전쟁으로 파괴된 것이다.

"저쪽으로 가야 해."

나디아가 속삭였다. 나디아는 평지를 지나 눈을 덮어쓴 쓰레기 더미, 모래 언덕, 대포가 있는 벌판을 가리켰다. 옆으로 쓰러진 도로 안내판 위에 페인트가 벗겨진 노브고로드 시 팻말이 남아 있었다.

보리스는 저 멀리 있는 러시아군 진지를 보았다.

"빨리 와."

나디아가 말했다.

나디아와 보리스는 이리저리 빠르게 움직이며 웅덩이와 쓰레기 더미를 빠져나갔다. 보리스의 심장이 다시 불안하게 뛰었다. 나디아는 몸을 숙이고 기어가듯이 걸었다. 보리스는 이제부터는 누구에게도 들켜서는 안 된다는 것을 알았다.

5

"여기부터는 아무 소리도 내면 안 돼!"

나디아가 속삭였다.

나디아는 부두 사이 얼어붙은 작은 강가에 있던 대포 구멍 안에 길게 누웠다. 100미터 앞에는 러시아군 진지가 있었다. 군인들은 대포와 박격포, 그리고 기관총을 지키고 있었다. 나디아는 주의 깊게 군인들의 움직임을 관찰하며 사방을 조심스럽게 둘러보았다.

갑자기 나디아가 보리스의 어깨를 쳤다.

"지금이야."

나디아는 대포 안에서 나와서 최대한 몸을 작게 웅크리며 강가로 가는 마지막 길을 달렸다. 가끔씩 미끄러져 넘어지면서 나디아는 가파른 강기슭을 따라 아래로 떨어졌다. 보리스와 나디아는 군인들의 시선에서 벗어났다.

보리스는 어떻게 하면 들키지 않고 앞쪽으로 갈 수 있는지 그제야 알게 되었다. 하천 근처를 따라가면 되었던 것이다. 위험한 지역은 다리가 놓여 있는 곳이었다.

나디아는 잠깐 멈춰 서서 하얀 입김을 뿜으며 숨을 가쁘게 쉬었다. 나디아는 주변의 소리에 귀를 기울이고 있었다. 희미하게 러시아 군인들의 목소리와 웃음소리가 들렸다.

"어서 와!"

소리를 내지 않은 채 보리스와 나디아는 단단하게 얼어붙은 갈대 사이를 지나 다리 방향으로 향했다. 멀리서 총소리와 자동차 시동 소리가 들렸다.

쩍 하는 소리와 함께 보리스의 오른발 아래 얼음이 깨졌다. 나디아가 몸을 돌렸다.

"쉿!"

보리스는 천천히 고개를 끄덕였다.

얼음 위를 무사히 지나갈 수 있을까?

갈대 줄기 사이를 재빨리 기어 나가면서 보리스와 나디아는 무사히 다리에 다다랐다. 이제 강기슭을 나와서 얼음 위로 계속 가야만 했다. 보리스는 강 가운데 부분이 얼지 않은 것을 보고 놀랐다. 강물은 살을 에는 듯한 바람을 타고 겁을 주듯이 어둡고 차갑게 출렁거렸다.

다리의 콘크리트 벽을 따라 언 얼음이 단단할까? 보리스는 갑자기 공포에 사로잡혔다. 다리 아래를 바라보자 꿈속 장면들이 머릿속으로 스쳐 갔다. 여기에도 그 괴물 같은 물고기가 헤엄치고 있을까?

나디아가 잠시 머뭇거리더니 조심스럽게 얼음 위로 올라갔다. 얼음은 깨지지 않았다. 나디아는 천천히 한 걸음 한 걸음 자신에게 전혀 어울리지 않는 세르요자의 신발을 신고 다리 아래 얼음이 언 곳으로 나아갔다. 나디아는 보리스에게 따라오라고 눈짓을 보냈다.

보리스는 어찌할 바를 모르고 두리번거렸다. 꿈속의 장면들이 계속 머릿속에 떠올랐다. 눈 덮인 라도가 호수, 깨지는 얼음, 트럭을 운전하는 아버지…….

보리스는 두려움을 떨칠 수 없어 머뭇거렸다. 갑자기 돌아가시기 전에 아버지가 한 말이 들려왔다.

"두려워하는 것은 괜찮아, 보리스. 용기를 잃고 포기하는 것이 나쁜 거야."

"어서!"

나디아가 보리스에게 서두르라는 눈짓을 보냈다. 언제라도 군인들이 그들을 발견할 수 있었다. 보리스는 숨을 깊게 쉬며 엄마와 감자, 그리고 세르요자를 생각해 보려고 애를 썼다.

시커먼 물을 감히 쳐다보지도 못한 채 보리스는 얼음 위로 올라섰다.

보리스는 하느님께서 자신을 구하러 다리 아래까지 오시지는 않을 거라고 생각했다. 물은 깊어 보였고 다리 아래 얼음은 금방이라도 깨질 것 같았다. 보리스는 간절히 기도하고 싶었다. 나디아는 이미 중간 지점에 도착해 있었다. 나디아는 가능한 한 체중을 줄이기 위해 팔을 콘크리트 벽에 기대고 있었다.

보리스는 둘 다 야위어서 참 다행이라고 생각했다. 한 걸음 한 걸음 보리스는 앞으로 나아갔다. 잠시 얼음이 깨지는 소리가 들리더니 하얀 금이 쭉 생겨났다. 금이 간 얼음 사이로 강물이 스며 나오기 시작했다. 보리스는 최대한 빨리 앞쪽으로 나아갔다. 빨리 위험한 지역을 벗어나야만 했다.

그 순간 보리스는 나디아가 멈춰 서 있는 것을 보았다. 나디아는 위험을 알리듯이 팔을 올렸다. 그제야 보리스는 한 분대의 군인들이 행진하는 소리를 들었다. 쿵쾅거리면서 군인들은 다리를 지나갔다. 그때 명령 소리가 들렸다.

"제자리 서!"

무질서한 발자국 소리가 다리 위에서 들렸다. 보리스는 몸을 움직일 용기가 없었다. 그저 얼음과 강물을 보지 않기 위해 눈을 감았다. 호수 괴물은 물 아래에서 얼음이 깨지기를 기다리고 있을까?

나디아는 걱정스러운 얼굴로 위를 올려다보았다. 그러나 곧 그 군인들을 영리하게 따돌린 것처럼 미소를 지으면서 보리스를 향해 고개를 끄덕거렸다. 보리스도 웃어 보려고 했으나 웃음이 나오지 않았다. 즐거운 무엇인가를 생각해야 했다. 보리스는 감자를 가지고 집에 가는 생각, 기뻐서 눈물을 흘릴 엄마 생각, 피난처 같은 집을 생각했다. 군인들의 발자국 소리가 사라질 때까지 시간이 영원히 멈춘 것 같았다.

"서둘러야 해!"

나디아가 눈짓했다.

다리의 콘크리트 벽에 몸을 의지하면서 보리스와 나디아는 더 나아갔다.

금이 가는 소리와 출렁거리는 얼음 층을 건너서 둘은 다리 건너편에 도착했다. 물 아래 괴물은 헤엄쳐 도망갔다. 보리스는 눈 내리고 얼어붙은 땅이었지만 성스러운 러시아 땅을 두 발 아래 다시 느끼게 된 것이 마치 해방이라도 된 것 같았다.

보리스는 나디아를 바라보았다. 어떻게 저렇게 용감할 수 있을까! 나디아는 이미 강기슭을 따라 다리 건너편에서 위로 기어올라 길이 안전한지 살피고 있었다. 나디아는 아무것도 두렵지 않은 걸까? 보리스는 겁이 많은 자신이 창피했다. 겁 많은 사람은 결코 용감한 군인이 될 수 없을 것이다. 보리스는 다시는 두려워하지 않기로 다짐했다.

갑자기 레닌그라드에 사이렌 소리가 울려 퍼졌다. 멀리서 들리는 소리가 더욱더 불길하게 여겨졌다. 폭격기 편대*의 윙윙거리는 비행 소리도 들렸다. 새로운 공습일까?

나디아는 서두르듯이 아래로 내려왔다. 나디아의 외투는 눈으로 뒤덮였다.

"우리는 운이 좋았어."

나디아가 흥분하면서 말했다.

"비행기가 날아다니는 동안은 아무도 우리를 눈여겨보지 않았

*편대 비행기 부대 구성 단위의 하나. 두 대에서 네 대 정도로 이루어진다.

을 거야."

보리스는 고개를 끄덕였다. 그러나 이런 방법으로 행운을 얻는 것
은 개운하지 않았다. 얼마나 많은 폭탄이 레닌그라드에 떨어질까?

윙윙거리는 전투기 소리가 점점 더 가깝게 들렸다. 멀리서 대포
소리가 들리기 시작했다. 보리스는 사람이 탄 비행기가 불에 타 아
래로 추락하는 일은 비극적이지만 대포가 비행기를 맞혔으면 좋겠
다고 생각했다.

"쿵! 쾅!"

천지를 울리는 대포 소리에 귀가 먹을 것 같았다.

"가자!"

나디아가 보리스에게 말하며 손을 뻗었다.

보리스와 나디아는 가능한 한 빨리 강기슭을 따라 걸으며 다리
에서 점점 멀어졌다. 그들 뒤에는 대포와 기관총이 우레와 같이 발
사되었다. 폭격 소리가 끊이지 않았다.

"우리는 운이 좋아."

나디아가 말했다. 둘은 폭격 퍼붓는 도시를 벗어났기 때문에 운
이 좋은 셈이었다. 그러나 엄마가 누워 있는 레닌그라드에서는 그
사이 심한 폭발 소리가 들렸다.

보리스는 나디아를 뒤따라 달려갔다. 다른 생각을 하고 싶지 않
았다. 지금 가장 중요한 것은 주인 없는 구덩이에 파묻힌 감자였
다. 보리스는 두꺼운 밀짚과 모래, 나뭇잎으로 뒤덮인 작은 산을
상상해 보았다. 그리고 파헤쳐진 작은 구멍 속에 흙으로 만든 구슬

같은 감자 수천 개가 쌓여 있는 것도 상상해 보았다.

　보리스와 나디아는 다리를 지난 후로 한 시간 정도 걸었다. 둘의 온몸은 눈으로 뒤범벅이 되었다. 레닌그라드와 도시 주위의 러시아 진지는 밝게 빛나는 대지 저편으로 사라져 버렸다.

　잠시 주위를 둘러보았지만 먹을 것은 아무것도 보이지 않았다. 이미 약탈된 농가 뜰에 뒤집어진 개집만이 놓여 있는 게 보였다.

　보리스는 개가 어디 갔는지 궁금했다. 그 개가 아직도 살아 있을까? 독일 군인들이 사람들을 고문하여 죽이는 것처럼 개도 고문하여 죽였을까? 뒤집힌 개집은 숯처럼 변한 대들보보다 더 많은 것을 설명해 주고 있었다. 이제 숯처럼 변해 버린 대들보를 매일 보게 되는 게 아닐까?

　보리스와 나디아는 아무 말도 하지 않은 채 앞으로 나아갔다. 찬 바람을 정면으로 맞으면서 딱딱하고 가파른 길을 걷는 게 무척 힘들었다. 보리스의 입술이 거칠어졌다. 바지 속 딱딱한 삽에 쓸려서 허벅지 안쪽이 아팠다.

　걷는 속도가 점점 느려졌다. 마침내 나디아도 지치고 말았다.

　"우리 잠시 쉬었다 가자!"

　나디아가 말했다. 그 말을 하자마자 나디아는 눈 위로 퍽 쓰러졌다. 갈증을 달래려고 둘은 눈을 녹여 먹었다. 배고픔도 약간은 가셨다.

　"아직 멀었어?"

　열 번은 하고 싶었던 질문이었다.

"이제 다 왔을 거야."

나디아가 말했다. 나디아는 멀리 나무가 줄지어 서 있는 곳을 가리켰다.

"바로 저기야."

그곳은 아직도 멀었다. 그러나 목표 지점이 눈에 보였기 때문에 보리스는 용기를 얻었다. 돌아오는 길은 쉬울 것이다. 그때는 바람을 등에 지고 걸을 것이다. 그리고 집에 가져갈 감자도 가지고 있지 않은가. 소중한 감자와 함께라면 발걸음이 가벼워질 것이다. 보리스는 이제까지 용기를 잃지 않은 나디아를 바라보았다. 나디아는 아직도 숨을 헉헉거리고 있었다.

입 밖으로 나오는 나디아의 숨이 연기 같았다. 그러나 연기는 바람 속에 바로 날아가 버렸다.

"너도 두려울 때가 있니?"

나디아가 끄덕였다.

"언제?"

나디아는 잠시 생각했다.

"집에 있을 때."

나디아가 말했다.

"돌아가신 아빠가 나를 바라보고 있는 느낌이 들 때……."

갑자기 나디아가 조용해졌다. 나디아는 아버지와 세르요자가 죽었다는 사실을 잊고 있었던 것이다. 그것은 나디아가 그만큼 긴장 속에서 걸어왔기 때문일 것이다.

보리스와 나디아가 있는 주위의 하얀 세상은 죽은 것처럼 고요했
다. 사이렌 소리도 곡괭이 소리도 대포 소리도 들리지 않았다. 나디
아는 아버지와 세르요자가 이미 죽었다는 사실을 잊었다는 죄책감
에 싸여 눈만 바라보고 있었다. 꼭 울기라도 할 것처럼 보였다.

보리스는 전쟁이 끝나면 나디아와 결혼하겠다고 생각했다. 그
래서 나디아가 더 이상 그렇게 슬픈 눈으로 세상을 바라보지 않도
록 해 줄 것이다. 나디아의 떨리는 입술을 멈추게 하려면 지금 무
슨 말을 해야 할까?

"나 역시 자주 두려워."

보리스가 작은 소리로 말했다.

보리스는 나디아에게 자기가 자주 꾸는 꿈에 대하여 이야기하
기 시작했다. 이야기를 듣고 나면 나디아는 보리스가 다리에서 왜
그렇게 오랫동안 주저했는지 이해할 것이다. 적당한 단어들을 찾
으면서 보리스는 트럭들이 얼음이 얼지 않은 곳을 피하려고 어떻
게 지그재그로 라도가 호수 위를 달렸는지 설명하려고 했다. 가장
어려웠던 것은 물속에 사는 괴물에 대해 설명하는 것이었다. 그 얘
기를 하면 미쳤다고 할 것이다.

"물속에 사는 괴물?"

나디아가 믿기 어렵다는 듯이 말했다. 그러고는 웃음을 터뜨리
며 말했다.

"그게 왜 나타나?"

나디아는 큰 소리로 웃었다. 보리스도 함께 웃었다. 보리스는

나디아에게 엄청 강한 줄 지느러미를 가진 괴물 같은 물고기의 생김새에 대해 설명하려고 했다.

"그 물고기는 눈이 튀어나왔고, 작고 날카로운 이빨을 가지고 있어."

"믿을 수 없어!"

나디아가 말했다. 나디아는 보리스를 한 번 툭 밀면서 다시 웃었다.

"그렇지만 그래."

보리스가 중얼거렸다. 보리스는 나디아가 자신을 어린아이로 여기고 유치하다고 생각할까 봐 두려웠다. 그래서 갑자기 주머니에서 권총을 꺼냈다. 예상했던 대로 나디아가 그 권총을 바라보았다.

"어디서 구했어?"

나디아의 목소리에는 경외감이 가득했다.

"우리 아버지 권총이었어."

"실탄도 들어 있니?"

"아직 없어!"

보리스는 고개를 흔들었다.

나중에 군인이 된다면 독일군을 이 권총으로 쏘아서 죽일 것이다. 보리스는 팔을 뻗어서 조준을 해 보고 방아쇠를 당겨 보았다.

"탕, 탕!"

보리스는 독일군 모두를 권총으로 쏴 죽이고 싶었다. 독일군들에게 모든 비극의 책임이 있다. 아버지가 죽고, 보리스가 그 무서운 괴물 꿈을 꾸고, 엄마가 아픈 것도 바로 독일군들 때문이다.

독일군들은 수많은 집들을 폐허로 만들었다. 스티포레프는 단지 아내와 아이를 조금 더 배불리 먹이고 싶어 했다는 이유로 처형당했다. 그리고 나디아가 아주 많이 슬퍼한 것도 다 독일군 때문이다. 보리스는 나중에 군인이 된다면 독일군 모두를 혼내 주고 싶었다.

"나는 무서울 때면 일기를 써."

나디아가 말했다.

"그게 도움이 되니?"

보리스가 물었다.

"가끔!"

나디아가 대답했다.

보리스는 멀리 하늘을 쳐다보았다. 그리고 문득 일기장을 가지고 있는 것도 괜찮은 것 같다고 생각했다. 그 일기장에 용기가 없어 말하지 못하는 것들을 모두 적을 수 있을 것 같았다.

"좀 더 걸어가야 해."

나디아가 말했다. 추운 데 가만히 앉아 있어서 그런지 나디아는 감기에 걸린 것 같았다. 나디아는 일어서면서 몸을 떨었다. 이번엔 보리스가 손을 내밀어 나디아를 일으켜 세웠다.

첫 번째 발걸음을 내디딜 때 보리스는 또다시 바지가 허벅지 부분을 고통스럽게 스치는 것을 느꼈다.

보리스와 나디아는 손을 잡고 조용하고 하얀 세상을 걸어갔다. 그러나 처음보다는 천천히 걸었다. 나무들이 회색 줄처럼 수평선

위로 솟아나 있었다.

"이제 얼마 남지 않았어."

보리스가 용기 있게 말했다.

6

한 걸음 한 걸음 보리스와 나디아는 그렇게 걸어가야만 했다. 그러나 걷는 속도가 매우 느렸다. 너무나 느렸다. 45분을 걸었지만 아주 조금밖에 가지 못했다. 나디아가 쉬면서 목표로 가리켰던 나무는 아직도 저 먼 곳에 있었다. 보리스는 걱정이 되기 시작했다.

"어두워지기 전에 돌아갈 수 있을까?"

나디아는 대답하지 않았다. 어쩌면 어리석은 질문이라고 생각했을지도 모른다. 아니면 너무 피곤해서 대답할 기운조차 없는 걸까? 지난 30분간 나디아는 아무런 대답도 하지 않았다. 나디아는 계속 침묵만 지킨 채 앞만 쳐다보았다. 아버지와 세르요자를 생각하고 있는 것일까?

걸을 때마다 보리스의 불안감은 커졌다. 각자가 감자 한 자루씩을 들고 어떻게 돌아갈까? 보리스는 계속해서 땅만 쳐다보려고 노력했다. 그러다가 다시 고개를 들어 보면 그 나무가 좀 더 가까워져 있을지도 모른다고 기대했다.

한 걸음 한 걸음 나아갈 때마다 나디아는 무언가에 걸려 넘어질 듯 비틀거렸다. 보리스가 손을 꽉 잡지 않았다면 나디아는 분명히 넘어졌을 것이다. 보리스는 나디아를 끌어 보려고 했지만 나디아는 다시 또 한 번 넘어지려 했다. 세르요자가 신던 신발이 발에 맞지 않아 걷기 힘든 것일까? 잠시 후에 나디아는 일어났다. 나디아는 손을 자기의 머리로 가져갔다.

보다 못한 보리스가 말했다.

"좀 쉬었다 갈까?"

나디아는 대답하지 않았다. 나무들이 아직도 멀리 있었기 때문에 둘은 계속 걸었다. 나디아를 끌고 가기가 힘들었다. 힘을 보충하기 위해 잠시 쉬는 것이 나았을지도 모른다.

보리스가 다시 쉬자고 말하려고 했을 때 나디아의 손이 보리스의 손에서 미끄러져 갔다. 보리스는 놀라서 뒤돌아보았다. 나디아가 왜 그러지? 나디아는 균형을 잃어버린 것처럼 옆에 서 있었다. 나디아의 몸이 잠시 앞뒤로 흔들리더니 소리 없이 눈 위로 쓰러졌다.

보리스는 재빨리 무릎을 꿇고 나디아의 옆에 앉았다.

"나디아! 나디아!"

보리스는 나디아의 이름을 부르짖었고, 겁에 질려 나디아를 이리저리 흔들었다. 그러나 나디아는 더 이상 움직이지 않았고, 눈은 반쯤 감긴 상태였다.

"나디아, 정신 차려. 나디아!"

나디아를 땅 위에 그대로 눕혀 둘 수는 없지 않은가? 그래서는 안 된다.

바람은 거침없이 불었고 나디아의 머리 위로 눈이 쌓이기 시작했다. 보리스는 나디아를 들어 보려고 했지만 뜻대로 되지 않았다. 지독한 두려움이 보리스를 짓눌렀다. 나디아를 거리의 폐허 더미 위에서 쓰러져 죽은 노인처럼 죽게 내버려 둘 수는 없었다! 그렇게 돼서는 안 된다!

"나디아, 나디아……."

보리스는 이제 부드럽게 애원하듯 말했다. 그렇게 용감하고 감자가 어디 있는지도 알고 있는 나디아가 지금 죽을 수는 없었다. 다행스럽게도 나디아의 입술이 조금 움직였다. 나디아는 무언가 중얼거렸지만 보리스는 알아들을 수가 없었다.

회색 나무들이 늘어선 수평선이 빙빙 돌기 시작했다. 마치 하얀 세상이 종잇장처럼 뒤집어지는 것 같았다. 멀리서 보리스의 목소리가 들렸다. 조금 이따 대답을 할 것이다.

지금은 그냥 누워 있어야 한다. 잠시 누워서 잠을 자야 한다.

나디아는 더 이상 움직일 수 없었다. 나디아는 보리스가 그 작은 팔로 자기를 감싸고 있다는 것을 희미하게나마 느낄 수 있었다. 그러나 나디아는 세상이 점점 작아져서 보리스에게 고맙다는 말을 할 수 없었다. 검은 점들이 나디아의 상상 속에서 춤을 추었다.

커다란 조리대에서 케이크를 굽고 있는 엄마의 모습이 보였다. 검은 팬에서는 케이크가 노르스름한 갈색으로 익어 가며 쉬익 하는 소리를 냈다. 거기에 아버지가 있었고, 아버지의 갈색 눈이 웃고 있었다. 엄마와 아버지는 네바 강을 따라 산책을 했고 세르요자 오빠가 풍선을 주었다. 천으로 만든 나디아의 인형을 빼앗아 달아난 스티포레프의 커다란 개도 있었다.

나디아는 계속해서 옛 기억이 가득한 세계로 빠져 들어갔다. 거기에는 함께 감자를 가지러 가야 하는 보리스도 없었고 죽어 가는 레닌그라드와 눈 속으로 사라져 버린 무 수프도 없었다. 기억 속에서 춤추는 검은 점들이 점점 더 커져 갔다…….

"나디아!"

보리스는 자기의 외투 단추를 끌러서 자루를 끄집어냈다. 그 자루를 나디아 몸 아래로 밀어 넣으려고 애를 썼지만 잘되지 않았다. 이제 어떻게 해야 하지? 보리스는 절망한 채 나디아를 내려다보았다. 나디아를 여기 눈 위에 이렇게 내버려 둘 수는 없지 않은가? 보리스는 자루를 다시 한번 더 나디아의 몸 아래로 밀어 넣으려 애썼고 결국 자루 위에 나디아를 눕히는 데 성공했다. 나디아를 위해 더 할 일이 뭐가 있을까?

보리스는 곰곰이 생각했다. 그 순간 보리스는 삶과 죽음을 결정해야 한다고 느꼈다. 나디아를 업고 도시로 가야만 할까? 그렇게 할 수 있을까?

"나디아, 나디아, 정신 차려."

지금 나디아에게 어떻게 해야 하는지 물어볼 수만 있다면 얼마나 좋을까? 하지만 나디아는 가만히 누워 있을 뿐이었다.

아마도 도움을 구하는 것이 최선일지도 몰랐다. 보리스는 나디아를 자신의 외투로 감쌌다. 근처 어딘가에서 도움을 청할 수 있을지 알아보아야 될 것 같았다.

보리스는 몸을 일으키다가 깜짝 놀라 그 자리에서 엉거주춤 서고 말았다. 보리스는 숨을 쉴 수가 없었다. 잠시 동안 자신의 눈을 믿을 수 없었지만 실제로 그런 일이 일어났다.

보리스는 바로 옆에 낯선 부츠가 다가와 있는 걸 발견했다. 부츠 위에는 녹색 군복 바지가 보였고 그 위에는 하얀 망토의 가장자리가 보였다. 보리스는 쿵쾅쿵쾅 뛰는 심장 소리를 들으면서 고개를 들어 위를 보았다. 의심할 여지가 없었다. 방아쇠에 손이 가 있고 팔에 총이 보였다. 그 위에는……

놀라고 겁에 질린 얼굴로 보리스는 독일 군인의 얼굴을 쳐다보았다. 보리스의 쿵쾅거리는 심장은 이제 온몸을 떨게 하였다. 잠시 후 보리스는 몸이 마비되어 제대로 생각할 수도 없었다. 그저 온몸이 굳은 채 독일 군인을 쳐다볼 뿐이었다.

이제 어떻게 해야 하지? 두려움과 슬픔, 그리고 끓어오르는 분노에 휩싸인 보리스는 그 군인의 목을 조르고 싶었다. 그러나 곧 자신이 아무것도 할 수 없다는 것을 깨달았다.

군인은 총을 내려놓았다. 보리스는 온몸을 움츠렸다. 고문을 당할까? 나디아와 함께 포로 수용소에 감금될까? 그렇다면 엄마는 어떻게 될까? 절망의 눈물이 솟아 나왔다. 울면 안 된다고 아버지가 말했던 것이 생각났다. 그리고 그 독일 군인에게 어리고 약한 러시아 소년으로 비치고 싶지도 않았다. 보리스는 재빨리 권총을 주머니에서 꺼냈다. 그리고 떨리는 손으로 그 군인을 향해 권총을 겨누었다. 보리스는 독일 군인이 겁에 질렸는지 보려고 겁먹은 눈으로 군인을 바라보았다.

그러나 군인은 겁을 먹지 않은 것 같았다. 군인은 천천히, 거의 슬프다는 듯이 고개를 흔들었다. 독일 군인에게는 야비하거나 혹은 분노한 듯한 표정이 없었다. 군인은 그저 그 권총이 아무런 소용없다고 말하려는 것 같았다. 그래서 보리스는 실망하면서도 한편으로는 안심하면서 팔을 내렸다.

"얘야, 여기서 지금 뭘 하는 거니?"

독일 군인은 그렇게 말했지만 보리스는 알아듣지 못했다. 군인이 독일어로 말했던 것이다. 그러나 그 말은 부드럽고 친절하게 들렸다. 여기 왜 왔는지 알고 싶은 걸까?

"우리들은 감자를 가지러 왔어요."

보리스가 말했다. 독일 군인이 러시아어를 알아듣지 못하기 때문에 보리스는 멀리 보이는 나무들을 가리켰고 그다음에 자신의 입을 가리켰다. 이렇게 해서 그 군인은 보리스와 나디아가 군사 작전을 위해 온 것이 아니고 먹을 것을 가지러 온 것이란 걸 이해할 수 있을 것이다.

"세상에!"

그 군인이 독일어로 중얼거렸다. 군인은 자신의 총을 눈 위에

던져 놓더니 큰 손으로 보리스 머리를 쓰다듬으며 나디아 옆에 무릎을 꿇고 앉았다.

잠시 멍해진 보리스는 발 앞에 놓인 총을 바라보았다. 총을 집을까? 동작이 빠르면 총으로 그 군인을 쏘아 죽일 수도 있을 것이다. 사실 그렇게 하고 싶었다. 독일 군인들은 세상에서 가장 사악한 사람들이 아닌가?

그러나 그 군인이 나디아를 바라보는 눈빛과 나디아를 일으켜 안는 것을 보고 보리스는 그 군인이 적이 아니라고 생각했다. 보리스는 혼란스러웠다.

"울리, 카알, 하인츠, 이리 와!"

그 군인은 어깨 너머로 외쳤다. 보리스는 고개를 돌렸다. 그제야 보리스는 다른 독일 군인들을 발견했다. 군인들의 머리가 참호* 위로 올라왔다. 군인들은 헬멧 위에 하얀 망토를 덮어 쓰고 있었다. 그래서 눈 덮인 벌판에서 거의 눈에 띄지 않았던 것이다. 정찰 중인 정찰대인가? 레닌그라드 공격을 위해 투입된 수천 명의 군인들이 눈 속에 숨어 있는 것일까? 독일 군인 세 명이 참호에서 기어 나와 보리스가 있는 쪽으로 다가왔다. 군인들은 사격 준비 자세로 총과 기관총을 손에 들고 있었다.

"코냑!"

나디아 옆에서 무릎을 꿇고 있던 군인이 외쳤다. 군인 중 한 명

***참호** 몸을 숨기면서 적과 싸우기 위하여 방어선을 따라 판 구덩이.

이 작은 야전용 병을 건네주었다. 조심스럽게 군인은 나디아 입에 코냑을 넣어 주었다. 몇 방울이 턱을 따라 흘렀다. 나머지는 입속으로 들어갔다.

나디아가 움직였다.

"보리스, 고마워."

나디아가 들릴 듯 말 듯 중얼거렸다. 눈을 뜬 나디아는 자기가 어디 있는지 모르는 것 같았다. 나디아의 놀란 눈빛이 그걸 말해 주었다. 나디아는 천천히 고개를 독일군 쪽으로 돌렸다. 나디아의 큰 갈색 눈이 두려움을 드러냈다.

"보리스!"

나디아는 일어나려고 했다. 하지만 나디아는 일어날 힘이 없었다.

"이 사람들은 독일군이야."

절망에 찬 목소리로 보리스가 말했다.

"두려워하지 마라."

독일 군인이 속삭이듯 말했다.

"보리스."

나디아가 입을 뗐다. 그러고는 다시 눈을 감았다. 독일 군인이 나디아를 단단히 붙잡지 않았다면 나디아는 뒤로 넘어졌을 것이다.

군인 한 명이 망토를 벗더니 배낭을 열었다. 보리스는 가방에서 소시지, 빵, 그리고 초콜릿 조각을 보았다. 입안에서 군침이 돌았다. 보리스는 군인이 초콜릿 한 조각을 떼어 나디아의 입에 넣어 주는 것을 바라보았다. 나디아가 미소를 지었다. 그 군인은 나디아를 향해 고개를 끄덕였다. 그 군인이 나디아에게 초콜릿 한 조각, 그리고 또 한 조각을 주었다.

"여기!"

독일군이 소시지 한 개를 보리스의 코앞에다 내밀었다. 적군에게서 무언가를 받아도 될까? 독일군을 무찌른 러시아 사람들의 수많은 무용담을 들었으면서도 그래도 될까?

그러나 보리스는 배가 고파서 쓰러질 지경이었다.

"좋은 거야!"

독일군이 말했다.

보리스는 천천히 고개를 흔들었지만 이내 침을 삼켰다. 그제야 보리스는 자신이 얼마나 피곤한지를 느꼈다. 독일 군인들이 보리스의 눈앞에서 빙글빙글 돌고 있었다. 검은 점들이 눈 속에서 춤을 추고 있었다. 잠시 앉았으면 좋겠다고 보리스는 생각했다. 천천히 보리스는 눈 덮인 땅에 주저앉았다.

7

보리스는 눈 위에 앉아 엄마를 생각했다. 집으로 돌아가지 못한다면 엄마는 무슨 생각을 할까? 엄마는 보리스가 나디아와 함께 주인 없는 땅으로 감자를 가지러 갔다는 사실을 전혀 모를 것이다.

주인 없는 땅! 이름이 참 우습다. 누구의 것도 아닌 땅. 그러나 그곳에는 독일군이 와 있었다. 보리스는 독일군의 목소리를 들었다. 독일군의 말투는 딱딱하고 날카롭게 들렸다. 귀를 기울이고 눈치를 살피니 독일 군인들이 의견 일치를 보지 못하고 있는 것 같았다.

보리스는 당황하여 올려다보았다. 독일 군인들은 전쟁놀이를 할 때 아무도 독일군이 되길 원하지 않았던 레닌그라드의 어린아이들처럼 잠시 논쟁을 벌였다. 무엇 때문인지는 알 수 없었다. 보리스는 '어린이' 그리고 '죽는다' 같은 몇몇 단어를 알아들을 수 있었다.

나디아는 이제 좀 정신이 드는지 똑바로 앉아 있었다. 겁에 질린 커다란 눈으로 나디아는 격렬하게 논쟁하는 독일 군인들을 바라보았다.

"나디아, 저 사람들이 무슨 이야기를 하고 있니?"

보리스가 속삭였다.

"우리 얘기를 하는 것 같아."

나디아가 말했다.

보리스는 겁에 질려서 독일 군인들을 이리저리 바라보았다. 군인들은 격해진 목소리로 소리치고 있었다.

"3대 1이잖아. 결정났어."

"미친 짓이야! 나는 가지 않겠어!"

금색 콧수염을 기른 군인 한 명이 커다란 부츠로 땅을 쿵 하고 밟았다. 나디아에게 코냑을 준 군인이 이 논쟁을 끝냈다. 그가 지휘관인 듯 다른 군인들이 그 사람의 말을 주의 깊게 들었다. 그 군인이 말을 마치자 콧수염을 기른 군인이 어깨를 들썩였고 자신의 손가락으로 이마를 툭 치면서 동료들이 미쳤다는 듯이 행동했다. 그런 다음 그는 자기 총을 집어 들더니 나무가 줄지어 선 곳으로 씩씩거리며 걸어갔다.

보리스는 긴장한 채 지켜보았다. 어떤 일이 일어날까?

이런 세상에! 보리스에게 소시지를 건네주던 군인이 자신의 총검을 칼집에서 꺼냈다. 그러고는 그 총검을 총에 꽂았다. 이제부터 고문이 시작되는 걸까? 보리스와 나디아를 찔러 죽이려는 것일까? 보리스는 숨을 멈추었다. 갑자기 배가 아프기 시작했다.

그러나 그 군인은 보리스를 찌르지 않았다. 대신 하얀 수건을 주머니에서 꺼내어 총검에 매듭으로 묶었다. 기적이 일어난 것이다. 지휘관이 나디아에게 다가와 나디아를 팔로 감싸 들고 망토를 둘러 주었다. 보리스 역시 들렸다.

"겁먹지 마라!"

지휘관이 다시 말했다. 목소리가 부드럽고 친절하게 들렸다. 맑고 파란 눈은 웃음을 머금었지만 동시에 슬픔이 가득했다. 군인들은 걷기 시작했다. 총검에 손수건을 묶은 군인이 맨 앞에서 걸었다. 높이 세운 총 끝에는 하얀 손수건이 바람에 펄럭이고 있었다.

"보리스…… 보리스!"

나디아가 외쳤다. 나디아의 목소리는 기쁨에 젖어 있었다.

"보리스, 이 사람들이 우리를 다시 레닌그라드로 데려다주는 거야!"

믿을 수 없는 일이었다. 그러나 군인들은 레닌그라드를 향해 걷고 있었다. 보리스는 다시 한번 그들의 얼굴을 쳐다보았다. 적군이 이렇게 친절할 수 있는 것일까?

"그래, 우리가 너희를 레닌그라드로 데려다줄게!"

독일 군인이 보리스에게 미소를 지으며 모두 잘될 거라는 말을 하는 듯했다.

보리스도 미소를 지었다. 보리스는 이 독일 군인들이 적이 아니라 친구라는 것을 알아차렸다. 그래서 방금 전 그 맛있는 소시지를 거부한 것이 미안하고 후회되었다. 군화가 눈에서 뽀드득 소리를 냈다.

한 발 한 발 보리스와 나디아는 레닌그라드와 가까워지고 있었다. 기분이 좋았다. 몇 시간이 지나면 안전이라는 낱말마저 굶어 죽고 없을 테지만 안전하게 집에 도착할 것이다.

한 시간이 지난 후 독일 군인들은 경사진 언덕 아래 서 있었다. 그들은 보리스와 나디아를 눈 위에 내려놓았다. 잠시 쉬려는 것일까? 긴장한 듯한 얼굴로 헉헉거리면서 독일 군인들은 입김을 내쉬었다. 조금 뒤 그들은 흥분한 어조로 이야기하면서 멀리 보이는 도시와 눈 내리는 어두운 하늘 저편 희미하게 솟은 러시아군 진지를 가리켰다.

"저 사람들이 무슨 말을 하는 거야?"

보리스가 속삭였다.

"내 생각에 더 이상 갈 용기가 없는 것 같아."

나디아가 말했다.

"왜?"

"우리 군인들이 독일 군인을 보게 되면, 쏠 거야!"

보리스는 깜짝 놀랐다. 거기까지는 생각하지 못했다. 보리스는 금색 콧수염 병사가 왜 횡하니 가 버렸는지 이제야 알 것 같았다. 그 군인은 분명히 러시아 군인들이 두려웠던 것이다.

"혼자서 걸을 수 있겠어? 독일 군인들이 더 이상 가지 않을 것 같아. 그런데 아직 한참 가야 할 거리야."

보리스가 걱정하면서 물었다.

나디아가 어깨를 들먹였다.

"나도 모르겠어."

나디아가 조용히 말했다.

불안하고 초조했다. 두려움이 가득 찬 눈으로 보리스는 독일 군인들을 바라보았다. 그들이 무슨 결정을 내릴까? 그들 중 한 명이 고개를 흔들었다. 불길한 징조였다.

"너희들, 들어 봐!"

지휘관이 말했다. 표정이 진지했으나 목소리는 차분했다. 다른 군인들은 그의 말을 주의 깊게 들었다.

"저 아이들…… 위험해…… 레닌그라드…… 러시아 군인들…… 총을 쏠 거야."

몇 개의 단어들이 들렸다. 보리스는 또다시 이 군인들이 친구라는 느낌이 들었다. 레닌그라드에서는 모두 다 독일군들이 무고한 여자와 아이들을 죽이고 마을에 불을 지른다고 했다.

그러나 이 군인들이 그런 행동을 하는 건 상상할 수 없었다. 갑자기 지휘관이 보리스 앞에 나타났다. 잠시 동안 진지한 그의 얼굴에 우울한 웃음이 스쳤다. 그는 나디아와 보리스의 입에 초콜릿 한 조각을 넣어 주었다.

안 돼. 하지만 너무 맛있었다! 보리스는 부드럽고 순한 크림 맛을 입안 가득 느끼려고 눈을 지그시 감았다.

"고맙습니다."

나디아가 예의 바르게 말했다.

"네, 고마워요."

보리스가 중얼거렸다. 친구들이 주는 것은 받아도 된다고 보리스는 생각했다. 보리스는 엄마를 위해 초콜릿 한 조각을 가져갈 수 없는 것이 아쉬웠다. 감자를 가지고 돌아가지 못해서 더 그랬다.

독일 군인들이 하얀 망토를 벗은 뒤 돌돌 말아서 허리띠와 배낭 사이에 밀어 넣었다. 보리스는 그들이 왜 그러는지 이해하지 못했다. 이제 그들은 녹색 전투복 차림이었다. 이 전투복은 하얀 눈과 대비되어 눈에 확 띄었다.

"왜 저러지?"

보리스가 속삭이면서 말했다.

나디아가 어깨를 들썩였다.

"싸우려고 그러는 걸까?"

길고 하얀 망토를 입으면 전투하기가 불편할 것이다.

"아니야, 저 총에 매단 손수건은 저들이 싸우길 원하지 않는다는 뜻이야."

나디아가 말했다.

"이 사람들이 우리를 더 데려다줄까?"

"그럴 것 같아."

나디아가 말했다.

나디아 말이 맞았다. 지휘관은 보리스에게 다가와 보리스를 안았다. 지휘관은 보리스에게 눈웃음을 지었다. 그의 슬픈 눈이 처음으로 밝아졌다. 군인 한 명이 나디아를 팔에 안았다.

"이제 우리는 간다!"

"이런 빌어먹을!"

총에 손수건을 달고 가는 군인이 중얼거렸다. 그 군인은 자신이 앞장을 서야 했기에 초조하게 입술을 깨물었다. 걸음을 내딛자 또 다시 부츠가 눈 위에서 뽀드득 소리를 냈다. 용기가 필요했다.

이 독일 군인들은 레닌그라드의 수많은 사람들이 배고파서 죽어 간다는 것을 알고 있을까? 폭격 중에 여자들과 어린이들이 쓰레기 더미 아래 쓰러진다는 것을 알까? 많은 아버지들이 라도가 호수에 빠져 죽어 간다는 것을 알까? 많은 공장 노동자들이 탈진하여 쓰러지는 것을 알까? 증오와 씁쓸한 복수심이 독일군을 기다리고 있는 것이다!

보리스는 긴장하면서 먼 곳을 바라보았다. 독일 군인들이 녹색 전투복을 입고 오는 것을 보면 러시아군이 총격을 가할까? 확신할 수 없었다. 전투에서 자비란 존재하지 않는다. 독일군 친구들에게 경고를 해 줘야 하나? 그러면 조국을 배신하는 것일까?

보리스는 지휘관의 팔을 끌어당겨서 멀리 러시아군 진지가 있는 곳을 가리켰다.

"쿵, 쾅!"

보리스는 그곳에서 총격이 가해질 수 있다고 말하려고 했다.

"고맙다, 나도 알아."

그 지휘관은 이해했다는 듯이 고개를 끄덕거렸다. 보리스도 용기를 주면서 미소 지었다. 독일 군인은 계속 천천히 걸어갔다. 그 군인은 용기 있는 사람이기 때문이었다.

8

총성이 울리고 다시 한번 또 울렸다. 등 뒤에 독일군이 서 있었
다. 긴장한 채 독일군들은 먼 곳을 바라보고 있었다. 보리스는 숨
을 멈추었다. 전투가 지금 시작된 걸까?

"이리 와!"

지휘관이 말했다. 그는 보리스를 땅 위에 내려놓고 앞쪽 진지를
가리켰다. 러시아 군인 열네댓 명이 나타났다. 그들은 눈이 내린
땅 위에 사격 자세를 취한 채 나란히 걸어왔다.

"저 사람들이 우리를 데리러 와!"

나디아가 기뻐하며 말했다.

나디아의 커다란 갈색 눈이 빛나기 시작했다.

"저 사람들이 왜 총을 쏠까?"

보리스는 완전히 안심할 수 없었다.

"경고로 쏘는 거야."

나디아가 말했다.

"우리 군인들은 이 사람들이 러시아군 진지에 너무 가까이 다가 오길 바라지 않아."

나디아는 보리스의 손을 잡고 보리스에게 웃음을 지었다.

"이제 더 이상 겁내지 않아도 돼!"

그러나 보리스는 겁이 났다. 자신의 옆에 있는 독일 군인이 손 수건을 매단 총을 공중에 더 높이 들면서 초조해서 혀로 입술을 자꾸 축였다. 지휘관은 손으로 허리띠를 잡아당겼다.

러시아 군인들이 독일군과 싸우려는 것일까? 열다섯 명이 세 명 과 싸우는 것은 공평하지 않은 것 같다. 어린애들도 전쟁놀이를 하 면 언제나 같은 수로 편을 짰다.

그러나 지금은 놀이가 아니었다! 여기에서는 진짜 전투가 벌어 질 수도 있다.

떨리는 마음으로 보리스는 눈 덮인 들판에 다가서는 러시아 군 인들을 보았다. 러시아 군인들을 보게 되어 기뻤다. 그런데 왜 저 사람들은 화난 표정일까? 왜 러시아 군인들이 총을 겨눈 채 험악 하게 걸어오는 것일까? 러시아 군인들이 무슨 생각을 하는지, 무 엇을 할 것인지 짐작할 수 없었다.

러시아군 중위가 앞으로 나왔다. 그는 권총을 가지고 있었다. 중위의 오른손이 방아쇠를 당기고 있었다. 그의 털가죽 모자의 귀 마개가 바람에 펄럭거렸다.

거리가 30미터로 좁혀지자 러시아 군인은 부채꼴 모양으로 늘 어섰다. 그렇게 러시아 군인들은 사방에서 천천히 위협하듯이 독일 군인들에게 다가왔다.

보리스는 침을 삼켰다. 무슨 일이 일어날 것 같아 나디아의 손을 꼭 잡았다.

보리스는 순간 나디아가 러시아군에게 달려갈 것 같았다. 러시아 군인들의 굳은 얼굴들이 그렇게 하지 못하도록 막은 것 같기도 했다. 왜 러시아 군인들 가운데 아무도 우리가 안전하게 돌아온 것을 기뻐하지 않는 걸까?

독일 군인들 바로 앞에서 러시아군 중위는 손을 들었다. 그러자 러시아 군인들이 반원 안에 멈춰 섰다. 주위는 쥐 죽은 듯이 조용했다.

독일군 지휘관이 경례를 하고 러시아군을 향해 고개를 끄덕여 인사했다. 러시아 군인들은 아무도 경례를 하지 않았다. 러시아 군인들은 움직이지 않은 채 독일군을 바라보았다. 마치 독일군들을 총으로 쏴 죽일 것만 같았다.

보리스는 실망스럽고 슬펐다. 갑자기 왜 모든 것이 복잡해져야 할까?

"통역병!"

러시아군 중위가 외쳤다.

안경을 쓴 노인이 앞으로 나왔다.

"이 사람들이 뭐 하러 왔는지 물어봐!"

중위의 목소리는 화가 난 듯했다.

통역병은 앞으로 나와서 딱딱한 독일 말을 더듬더듬 말하기 시

작했다. 보리스는 모자 밑으로 주위의 러시아 군인들을 뚫어지게
바라보았다.

보리스는 의심과 증오와 질책과 분노를 보았다. 이 독일 군인들
이 친구같이 잘 대해 주었다는 것을 왜 아무도 이해하지 못하는 것
일까?

독일군 지휘관이 통역병의 질문에 대답했다. 독일군 지휘관이
나디아를 얼마나 잘 보살폈는지 통역병이 잘 이야기했을까?

"이들은 전방 지역에서 순찰 중이었답니다."

통역병이 러시아군 중위에게 말했다.

"그때 저 아이들을 발견했답니다. 저 여자아이가 눈 위에 탈진
상태로 누워 있었답니다."

중위가 고개를 끄덕였다. 그 중위가 보리스와 나디아를 쳐다보
았다. 강한 인상을 주는 사람이었다.

"너희들 이름이 뭐냐?"

그의 목소리는 짧고 단호했다.

"저는 나디아 모로조바입니다."

나디아가 조용히 말했다.

나디아는 자기가 예상했던 것과 다르게 일이 진행되자 커다란
눈을 아래로 내리깔고 있었다.

"그리고 너는?"

"저는 보리스라고 해요. 보리스 마카렌코!"

보리스는 더듬거리며 말했다. 왜 저 중위가 우리를 엄한 눈으로

쳐다볼까? 우리가 몰래 주인 없는 땅에 들어가서 화가 났을까? 러시아 소년이 독일군의 팔에 안겨서 돌아온 것을 비겁한 배신으로 여긴 것일까?

보리스는 나디아가 모든 것을 설명해 주었으면 했다. 공습, 식량 부족, 엄마, 새벽에 죽은 세르요자에 대하여 모든 것을 말해 주길 바랐다. 그러면 이 중위가 모든 것을 이해할 것이다.

"너희들은 도시를 벗어나서 무엇을 했니?"

중위는 엄하게 나디아를 쳐다보았다.

"우리는 먹을 것을 찾았어요."

나디아가 조용히 말했다.

"이리 와!"

중위가 머리로 신호를 보냈다.

나디아와 보리스는 중위에게 다가갔다. 이제 둘은 러시아 군인들 편에서 독일 군인들과 마주하고 서게 되었다. 두 편이 마주 보고 있는 사이에는 2미터 정도의 주인 없는 땅이 있었다.

그리고 이 주인 없는 땅에서 누군가가 아무렇게나 죽어 갈 수 있는 상황이었다. 보리스는 더 이상 독일군 지휘관을 바라볼 수 없었다. 보리스는 러시아 군인들의 딱딱한 태도가 너무나 부끄러웠다.

"저 사람에게 왜 이 아이들을 데리고 왔는지 물어봐!"

중위가 통역병에게 말했다.

보리스는 모래가 나올 때까지 발로 눈을 파헤쳤다. 풀 줄기가 얼어 버린 땅 위에 비스듬히 매달려 있었다.

보리스의 머리 위에서는 통역병의 질문과 독일군 지휘관의 대답이 오갔다.

"아이들이 탈진 상태였고 완전히 희망이 없어 보였답니다."

통역병이 러시아어로 말했다.

"이 사람이 전쟁 중에는 모두가 자기 나라를 위해 싸우기 때문에 짐승 같은 일들이 벌어진다고 말했습니다. 그러나 아이들이 그 전쟁을 만든 건 아니라고, 아이들을 눈 위에 버려 둘 수 없었다고 합니다. 아이들을 독일 진지로 데려가는 것은 불가능해서 여기로 데려온 것이랍니다."

보리스는 숨을 멈추고 중위를 올려다보았다. 중위가 이 독일 군인들이 좋은 사람이라는 것을 이해할까?

갑자기 러시아군 병장 한 명이 한 걸음 앞으로 나왔다. 그의 목소리는 칼처럼 차갑게 들렸다.

"중위님. 저 녀석들을 무장해제시킵시다. 아마 저들이 좋은 일을 하기는 했을 것입니다. 하지만 어쩌면 저들은 우리 진지를 염탐할 속셈도 갖고 왔을 것입니다. 저들을 데려가서 감옥에 넣고 심문합시다. 여태껏 싸우다 보니 저는 독일군에 대한 믿음을 잃어버렸습니다!"

보리스는 기가 질려서 쳐다보았다. 중위가 망설이는 것 같았다. 나디아가 보리스의 팔을 잡으며 러시아군 병장을 허탈한 표정으로 쳐다보았다.

"아니야, 아니야, 그럴 수 없어."

중위가 말했다. 그렇지만 아무도 이 말을 듣지 않았다.

"저 불한당 같은 놈들을 믿지 마세요!"

나디아 뒤로 대각선 방향에 서 있는 러시아 군인 한 명이 외쳤다. 그의 눈에서 증오가 이글거렸다. 얼마나 많은 고통이 쌓였길래 저런 반응이 나올까?

"중위님, 총으로 쏴 죽여 버려요. 총으로 쏴서 없애 버려요!"

그 군인은 한 걸음 앞으로 나가면서 총을 독일군 지휘관에게 겨눈 채 애원했다.

그때 보리스가 앞으로 튀어나갔다. 그리고 독일 군인들 앞에 섰다. 보리스는 마치 독일 군인들을 보호하려는 것처럼 손을 공중에 올렸다.

"쏘지 마요!"

보리스는 찢어지는 목소리로 비명을 질렀다.

"쏘지 마요. 저 사람들이 우리를 구해 주었어요!"

죽음 같은 적막이 흘렀다. 아무도 말을 하지 않았고 아무도 움직이지 않았다.

"이리 와라!"

중위가 명령했다.

그러나 보리스는 가지 않았다. 보리스는 독일군 앞에 서 있었다. 용기가 몸 안에서 거세게 타오르는 것을 느꼈다. 엄청난 두려움과 증오, 그리고 전쟁이 가져온 그 모든 비이성적인 행동들 때문에 보리스의 눈에서는 눈물이 흘러나왔다.

"나디아가 눈 위에 쓰러졌어요!"

보리스가 러시아 군인들을 향해 외쳤다.

"나디아는 한 마디 대답도 못했어요! 저는 나디아를 일으킬 수가 없었고요. 노력했지만 저는 어떻게 할 수 없었어요!"

그리고 보리스는 자기 뒤에 있는 독일군을 가리켰다.

"이 사람이 나디아를 구했어요. 이 사람은 저의 친구예요!"

미친 듯이 보리스는 자기 가슴을 내리쳤다.

"내 친구라고요, 듣고 있어요?"

보리스는 격정에 넘쳐 울고 있었다.

나디아가 보리스에게 다가왔다.

"보리스, 보리스!"

보리스가 흥분해 있었기 때문에 나디아는 차분하게 말했다.

순간 보리스는 머리에서 어떤 손길을 느꼈다. 친구의 손이었다. 보리스는 독일군 지휘관을 올려다보았다. 눈물 너머로 보리스는 독일군 지휘관이 미소 짓고 있는 것을 보았다. 보리스의 촉촉한 눈에서 두려움이 사라졌다.

보리스는 중위를 바라보았다. 딱딱하던 중위 얼굴이 놀란 표정으로 바뀌어 있었다. 총을 쏘려고 했던 러시아 군인은 총을 내려놓았고, 총은 쌓인 눈 속에 푹 꽂혔다. 다른 군인들도 눈을 내리깔았다. 병장은 나디아를 쳐다보았다. 또다시 죽음 같은 침묵이 흘렀다.

중위는 통역병에게 눈짓을 보냈다.

"저 사람들에게 떠나도 된다고 말해라, 이반 페트로비치!"

중위는 단어를 찾는 것처럼 망설였다.

"그리고 그들에게 감사하다고 말해라. 이 야수 같은 전쟁의 소용돌이에서 인간성마저 잃게 된다면 너무 비참할 것이다."

통역병이 그 말을 전했다.

독일 군인들은 뒤돌아가려 했지만 독일군 지휘관은 제자리에 서 있었다.

"잠깐만!"

독일군 지휘관은 자신의 망토를 어깨에서 벗고 보리스와 나디아 앞에 무릎을 꿇고 앉았다.

"여기 있다!"

독일군 지휘관이 말했다. 지휘관은 빵 한 조각, 소시지, 그리고 이상한 글자가 적힌 깡통을 나디아와 보리스의 손에 쥐어 주었다.

또다시 보리스는 자기의 어깨 위에 믿음직스러운 손의 무게를 느꼈다. 독일군 지휘관은 일어났다.

독일군 지휘관은 천천히 미소를 띤 채 주위를 둘러보았다. 그리고 군화 뒤꿈치를 부딪치며 독일군들의 방식대로 똑바로 경례를 했다.

마침내 힘들고 비참했던 긴 하루를 달래 줄 좋은 일이 일어났다. 러시아군 중위는 정자세로 서서 "부대 경례!"라고 외쳤다. 모든 러시아 군인들도 정자세를 취했다. 중위는 천천히 자기 손을 귀마개가 펄럭거리는 털모자에 가져갔다. 중위는 독일군 세 명에게 그들이 보여 준 용기와 도움, 그리고 인간적인 면에 경의를 표하는 것 같았다.

보리스는 독일군 지휘관을 바라보았다. 보리스는 지휘관에게 다시 한번 고맙다는 말을 하고 싶었다. 그러나 독일군은 뒤로 물러서더니 걸음을 옮기기 시작했다. 지휘관은 힘찬 발걸음으로 다른 독일 군인 사이를 지나 경사진 언덕으로 향했다. 보리스는 주인 없는 땅에서 우뚝 서 있었다.

나디아는 망설이다가 손을 흔들었다. 그러나 독일 군인들은 뒤돌아보지 않았다. 눈 덮인 땅은 더 이상 회색 하늘 아래 놓인 백지가 아니었다. 독일 군인들의 군화 발자국이 그 위에 분명한 말을 남기고 있었다.

9

전방의 진지에서 보리스와 나디아는 따뜻한 차 한 잔과 샌드위치 반 조각을 받았다. 비록 군인들이 시민들보다는 나은 배급을 받는다고 해도 배급량이 적었기 때문에 그 정도의 친절도 고마운 것이었다. 군인들의 배급이 나아야 하는 것은 당연한 것이었다. 군인들이 영양실조에 걸리면 격한 전투를 치르지 못하지 않을까?

모래주머니 사이의 좁은 틈에서 화롯불이 타고 있었다. 그곳은 편안했다. 몇 분도 채 안 되어 보리스의 볼이 붉게 달아올랐다. 중위는 이마를 찡그린 채 불편하다는 듯이 왔다 갔다 했다. 중위는 계속 무언가를 말하려다가, 나디아를 쳐다보며 말을 삼키는 것 같았다.

나디아가 다 먹기를 기다리려는 것일까? 보리스는 빨리 먹기 시작했다. 보리스는 나디아에게 빨리 먹으라고 툭 치면서 신호를 보냈다. 나디아는 꾸물거리고 있었다. 나디아는 생쥐가 갉아 먹는 것처럼 천천히 먹고 있었다.

"빨리 먹어!"

보리스가 조용히 속삭였다. 붉은 군대의 중위를 오랫동안 기다리게 할 수는 없지 않은가? 어쩌면 꾸중을 듣거나 벌을 받을지도 모를 일이었다.

그러나 보리스는 나디아와 함께 그곳으로 간 일을 후회하지 않았다. 보리스의 외투 속에는 독일군 지휘관이 준 빵과 소시지가 있었다. 만약 엄마가 돌아가시지 않았다면 오늘 저녁에 식사를 할 수 있을 것이다.

문득 보리스는 깜짝 놀라 중위를 바라보았다. 중위는 완고한 얼굴로 실탄 통이 쌓인 곳에 기댄 채 생각에 잠겨 바닥을 쳐다보고 있었다. 벌로 음식을 빼앗지는 않겠지? 그 중위가 고개를 들자 보리스는 당황해서 눈을 아래로 향했다.

보리스는 소시지와 빵을 뺏기지 않으려고 팔로 어색하게 외투 위를 눌렀다.

중위가 보리스와 나디아 앞에 다가와 섰다.

"너희들은 어떻게 이곳까지 왔니?"

나디아는 샌드위치를 다시 입에 가져갔다. 중위의 말에 대답하려는 것 같지 않았다. 그래서 보리스가 대답했다.

"저희는 다리 아래로 갔어요. 좁은 강을 따라서 계속 갔어요. 철조망 장애물 사이에 구멍이 있었어요."

중위는 나디아를 쳐다보았다.

"아버지나 어머니가 거기 간 걸 아시니?"

나디아는 대답을 하지 않았다. 보리스는 나디아가 침묵하는 이유를 알았다.

"나디아는 아버지가 안 계세요."

보리스가 조용히 말했다.

중위가 고개를 끄덕였다. 중위는 화를 내지 않았고 진지한 표정이었다.

"어디로 가야 하는지 어떻게 알았어?"

"나디아의 오빠가 나디아에게 말해 주었어요."

보리스가 잠시 망설이다가 말했다.

"그런데 오빠는 왜 같이 가지 않았어?"

보리스는 나디아를 바라볼 용기가 없었다.

"오늘 새벽에 죽었어요."

보리스는 나디아가 이 말을 듣지 않기를 바라듯이 조용히 말했다.

좁은 진지 안에 잠시 침묵이 흘렀다. 중위가 몸을 돌렸다. 보리스는 나디아 쪽으로 고개를 돌렸다. 그리고 그제야 나디아의 상태가 좋지 않음을 알아차렸다. 나디아는 모래주머니에 쓰러져 있었다.

나디아의 눈이 이상하게 위로 돌아가 있었다.

"나디아!"

보리스가 놀라서 외쳤다. 그러나 이제는 처음보다는 덜 두려웠다. 중위 역시 나디아가 쓰러진 것을 발견했다. 중위는 밖에 서 있던 병사를 부르고 몸을 숙여 외투 단추를 연 후 자신의 귀를 나디아의 가슴에 가져갔다.

"나디아가 저렇게 눈 위에 누워 있었어요."

보리스가 말했다.

"독일군이 코냑을 나디아에게 먹여 주었어요!"

나디아가 초콜릿을 먹었다는 것은 말하지 않았다. 중위가 초콜
릿을 가지고 있지 않을 것 같아서였다.

밖에서 자동차 시동을 거는 소리가 들렸다. 한 병사가 차가 준
비되었다고 말했다. 중위는 나디아를 담요로 감싸서 깃털을 들듯
가볍게 들었다. 보리스는 나디아가 너무 말라서 정말로 깃털처럼
가벼울 거라고 생각했다.

"빨리 이 아이를 이바노프 의사에게 데려가!"

중위가 말했다. 중위는 독일군 공격에 대비해 진지에 남아 있어
야 했다.

보리스는 진지에서 트럭까지 짧은 거리를 걸어갈 때서야 자신
이 얼마나 피곤한지 느낄 수 있었다. 그냥 그대로 땅에 누워서 자
고 싶었다. 그러나 그렇게 할 수는 없었다. 이제 나디아를 보살펴
야 했다.

트럭에 타는 동안 중위는 다행스럽게도 둘을 혼내지도 않았고
소시지와 빵을 뺏지도 않았다.

보리스와 나디아를 실은 트럭은 철조망 장애물, 탱크 참호, 초
소 등 방어 기지를 지났다. 보리스는 유심히 기관총 초소, 콘크리
트로 지어진 회전포탑, 그리고 참호를 바라보았다. 나중에 나도
여기에 있겠지 하는 생각도 들었다. 나중에 정말로 군인이 된다

면……. 그러나 보리스는 갑자기 그 꿈이 생각만큼 멋지지 않게 여겨졌다.

보리스는 전방 진지까지 데려다준 세 명의 독일 군인들을 생각했다. 군인이 된다면 그 독일 군인들에게도 총을 쏴야 할 것이다. 그리고 자신을 구한 정찰대의 지휘관에게 총을 겨눌 일이 일어날 수도 있을 것이다.

그런 생각을 하자 혼란스러웠다. 군인이 되는 일이 더 이상 좋은 일이 아닌 것 같았다.

작은 목조 건물 앞에 트럭이 섰다. 키가 작은 군인이 나디아를 일야 이바노프 의사에게 데려갔다. 아무도 말리지 않아서 보리스도 함께 따라갔다.

보리스는 좁은 대기실에 앉아 기다렸다. 건너편에는 군인 한 명이 손에 피 묻은 붕대를 감고 있었다. 거기서는 소독약 냄새와 병원 냄새가 났다.

보리스는 그 붕대를 쳐다볼 용기가 없었다. 마치 팔이 반쯤 잘려나간 것처럼 비스듬히 기울어져 있었다. 그러나 보리스는 팔을 쳐다봐야 했다. 그 군인이 보리스를 향해 고개를 끄덕이고 말을 걸었기 때문이었다.

"아이가 여기 어쩐 일이냐?"

보리스는 무슨 일이 일어났는지 설명했다.

"그 독일군 녀석들이 너희를 진지까지 데려다주었다고?"

그 군인은 팔의 고통을 잠시 잊고 믿을 수 없다는 듯이 쳐다보았다.

"좋은 독일 군인이 있다면 그건 죽은 독일 군인이야."

그 군인은 성한 팔로 부상당한 팔을 조심스럽게 지탱하고 있었다. 보리스는 눈 위에 누운 나디아 옆에 그 지휘관이 무릎을 꿇고 어떻게 했는지 열심히 설명하고 싶었다. 지휘관이 나디아에게 코냑을 마시게 해 준 걸 보면 그가 좋은 독일 사람이라는 것을 알 수 있었다. 그러나 지금은 그런 말을 하기에 좋은 상황은 아니었다.

"많이 아프세요?"

군인은 어깨를 들썩였다.

"독일⋯⋯."

보리스는 잠시 망설였다.

"독일군이 그랬어요?"

군인은 고개를 끄덕였다. 그의 눈빛에 고통이 사라지고 증오가 일었다.

"우리는 순찰 중이었다. 그 빌어먹을 놈들이 하얀 망토를 쓰고 구덩이에 숨어 있었던 거야. 그 녀석들을 보았을 때는 이미 늦었어."

군인은 피가 묻은 붕대를 바라보았다.

"나는 그래도 운이 좋아."

군인은 작은 목소리로 서둘러 말한 뒤 창 너머 바깥을 바라보았다.

보리스는 놀랐다. 서서히 비참한 기분이 들었다. 좋은 독일 친구들이 이 군인에게 총을 쐈을까?

"독일군이 몇 명이었어요?"

보리스가 속삭이듯 물었다.

"네 명."

군인이 말했다.

"우리는 그 망나니들에게 단 한 발도 쏘지 못했어."

부끄럽고 슬퍼서 보리스는 땅만 바라보았다.

이 군인은 나를 어떻게 생각할까? 적군은 결코 친구가 될 수 없는 것일까? 그래도 그들은 좋은 독일군이었는데…….

보리스는 이 사실을 이제 막 손에 관통상을 입은 이 군인에게는 도저히 설명할 수 없었다.

보리스는 무슨 이야기를 해야 할지 몰랐다. 다행히도 그때 진찰실 문이 열렸다. 일야 이바노프 의사가 나디아를 팔에 안은 트럭 운전병에게 문을 열어 주었다. 고마우신 하느님! 나디아가 눈을 뜨고 있었다.

"내가 말한 대로 꼭 해야 하는 것을 명심해라!"

의사가 말했다. 의사는 장난치듯 나디아의 볼을 꼬집었다. 보리스는 팔에 부상을 당한 군인에게 들어가라고 눈짓을 보냈다. 보리스는 군인에게 쾌유를 빌었으나 트럭 운전병은 돌아가자고 눈짓했다.

나디아가 보리스를 보고 웃었다.

"좀 괜찮아졌니?"

"그래."

나디아가 말했다.

"주사 맞았어."

"아팠니?"

"약간."

나디아는 의사가 주사 놓을 곳을 찾기 위해 여러 군데에 주사바늘을 꽂았던 사실을 말하지 않았다. 나디아의 팔이 너무 말라서 적당한 곳을 찾을 수 없었던 것이다.

트럭 운전병이 나디아를 트럭에 태웠다. 운전병이 엔진을 쳐다보았다. 보리스는 나디아 쪽으로 다가가 앉았다. 모든 것이 지금은 정상이다. 보리스는 오늘 얻은 빵과 소시지와 깡통을 들고 집에 가기만을 고대했다.

도시를 지나가는 길은 멀었다. 폐허 잔해들이 잔뜩 쌓여서 길을 돌아서 가야만 했다. 보리스와 나디아가 떠날 때 보았던 비행기의 폭격이 도시를 심하게 파괴한 것이다. 여기저기 아직 연기를 뿜는 폐허 더미 위에서 불꽃들이 춤을 추고 있었다.

어둠이 깔리기 시작했다. 그러나 어둠에 아랑곳하지 않고 사방에서 사람들이 바삐 움직이고 있었다. 불에 탄 거리 한쪽 구석에는 살림 도구들이 쌓여 있었다. 한 아주머니가 부서진 물건들 사이에서 넋이 나간 채 앉아 있었다. 남자 둘이 들것을 구급차로 옮기고 있었다.

보리스는 엄마를 생각했다. 오랫동안 집을 비워서 엄마가 얼마나 불안해하고 계실까? 보리스는 자기 집도 폭격을 받아 폐허로 변했을 수도 있다는 것을 한 번도 생각하지 못했다.

나디아와 보리스가 도시 외곽으로 나간 동안 레닌그라드에서는 가장 지독한 일들이 일어났다. 그러나 자신의 집이 폭격받았을 것이라고는 상상할 수 없는 일이었다. 그렇게 믿고 싶지도 않고, 믿을 수도 없었다.

보리스와 나디아는 자기들이 사는 동네에 도착하기 전에 겨울 궁전을 돌아서 바람이 심한 네바 강을 따라가야만 했다.

드디어 동네 입구에 이르렀다. 운전병은 속도를 줄였다. 그들은 빅토르 조로프의 집과 옛날에 스티포레프가 살았던 집을 따라 달렸다.

"여기에 보리스가 살아요!"

나디아가 가리켰다.

트럭이 멈춰 섰다. 운전병이 차문을 열었다. 보리스는 차에서 내렸다.

"아저씨, 안녕히 가세요. 집에 데려다주셔서 고맙습니다!"

보리스는 나디아를 바라보았다.

나디아와 함께 가야 할까? 아니면 그 군인이 나디아를 데려다줄까? 나디아는 보리스를 바라보면서 엄마처럼 푸근한 웃음을 지었다. 어른이 되면 나디아와 결혼할 것이다. 보리스는 이 순간 그것을 분명히 확신하게 되었다.

"잘 가, 보리스."

나디아가 말했다.

"안녕, 나디아."

보리스가 말했다.

군인은 차문을 닫았고 트럭이 출발했다.

보리스는 천천히 문 쪽으로 걸어갔다.

그때 보리스는 자신이 나디아와 더 많이 이야기하지 못한 것을 얼마 후 후회하게 될 거라는 걸 알지 못했다.

10

완야 삼촌이 집에 와 있었다. 방에 들어가는 순간 보리스는 금방 알아차렸다. 삼촌은 엄마 침대 옆에 여유롭게 앉아 있었다. 삼촌이 보리스를 보자 벌떡 일어났다.

"야, 이 녀석아!"

삼촌이 소리 질렀다. 완야 삼촌은 항상 소리를 질렀다.

"너 어디에 있었냐? 너 지금 어디서 오는 거야?"

엄마가 몸을 추스려 바로 앉았다. 이번만큼은 눈물을 감추지 않았다.

"보리스, 보리스."

엄마가 보리스를 부르며 팔을 뻗었다. 엄마는 빵과 소시지, 그리고 깡통을 이미 본 것처럼 기쁜 눈물을 흘리면서 보리스를 바라보았다.

"고얀 녀석 같으니라고!"

완야 삼촌이 투덜거렸다.

삼촌이 보리스를 침대 쪽으로 밀자 엄마가 보리스를 안았다. 엄마가 너무 세게 안아서 보리스는 잠시 어리둥절했다.

"엄마는 네가 죽었다고 생각했어. 어딘가 폐허 더미에 쓰러져 있을 거라고!"

완야 삼촌은 용기를 주듯이 보리스의 어깨를 툭 쳤다.

"제가 나디아와 함께 간다고 말했잖아요."

보리스가 말했다.

"근데 어디로 간다고는 말하지 않았잖아!"

완야 삼촌이 소리 질렀다.

"네가 리노프 거리에 있을지도 모른다고 생각했단다!"

"왜요?"

믿음직한 눈을 가진 완야 삼촌은 고개를 흔들면서 보리스를 바라보았다.

"녀석아, 리노프 거리는 이제 없어. 거기에 폭탄 네 개가 떨어졌어. 네가 거기에 있었다면…… 어찌 되었겠니."

보리스가 고개를 끄덕였다. 엄마가 많이 불안해하는 모습을 보니 후회가 되었다.

보리스는 미안해하면서 아래로 처진 완야 삼촌의 콧수염을 바라보았다. 그 콧수염이 우울하게 보이는 것은 삼촌 얼굴에 주름이 너무 많아서일까?

삼촌은 피난 문제를 이야기하려고 온 게 분명했다. 엄마가 날 피난자 명단에 올리는 데 동의했을까? 트럭이 돌아가는 길에 함께 가야 하는 걸까?

"나디아와 먹을 것을 찾으러 나갔다 왔어요."

보리스가 재빨리 말했다. 보리스는 삼촌과 엄마에게 자신이 더이상 어린아이가 아님을 분명하게 보여 주고 싶었다. 떨리는 손가락으로 보리스는 외투 단추를 열었다. 아무 말도 하지 않은 채 보리스는 소시지와 빵, 그리고 깡통을 침대 옆 탁자에 올려놓았다.

엄마와 삼촌이 그것들을 바라보고 있는 걸 보리스도 분명히 느낄 수 있었다.

"이런, 맙소사!"

완야 삼촌이 외쳤다.

"저런 걸 어디서 구했니?"

삼촌은 큰 손으로 소시지를 잡고 깜짝 놀라면서 쳐다보았다.

"이런 건 레닌그라드 어디에서도 찾을 수 없어!"

"독일군한테 받았어요."

보리스가 말했다.

삼촌의 입이 벌어졌다. 보리스는 어떻게 자신이 나디아와 주인 없는 땅에 갔고, 거기가 얼마나 춥고 멀었는지, 그리고 나디아가 눈 위에 쓰러졌을 때 어떻게 갑자기 독일군을 만나게 되었는지 설명했다.

"나쁜 녀석 같으니라고!"

완야 삼촌이 중얼거렸다.

보리스는 계속해서 설명했다. 보리스는 자기 이야기가 두 분의 마음을 움직였음을 느꼈다. 삼촌과 엄마가 서로를 의미심장하게 바라보았기 때문이었다. 이제 엄마와 삼촌도 보리스가 많이 컸기 때문에 피난을 안 가도 된다는 것을 이해할까?

보리스가 설명을 마쳤지만, 감탄의 소리는 들리지 않았다.

"애야, 하지만!"

엄마가 말했다.

엄마의 눈에 다시 눈물이 맺혔다. 불안한 듯 엄마의 손이 시트를 잡아당겼다. 보리스는 이유를 알 수 없었다. 지금 우셔야 할 이유가 없지 않은가? 엄마는 보리스를 끌어당기려고 했다. 그러나 완야 삼촌이 엄마 앞에 있었다. 삼촌은 커다란 손을 보리스 어깨에 올려놓았다.

"엄마 말을 잘 들어야 한다. 이 녀석아."

삼촌이 진지하게 말했다.

"오늘 오후에 엄마하고 너를 어떻게 할지 오랫동안 이야기했다. 우리는 너를 올가 페트로프나에게 보내기로 결정했다. 올가는 스베르들롭스크에 살고 있는 내 조카야."

보리스는 무슨 말인지 알 수 없었다. 스베르들롭스크는 레닌그라드에서 아주 먼 곳에 있었다. 그곳에 가야 한다는 사실이 너무 큰 충격이었다. 목구멍이 탁 막히는 것 같아 한 마디도 할 수 없었다. 어리둥절해하며 보리스는 탁자 위에 있는 소시지와 빵을 가리켰다. 거기에 보리스가 더 이상 어리지 않다는 증거가 있지 않은가?

잠시 방에는 죽음 같은 정적이 흘렀다. 왜 삼촌과 엄마는 그렇다고 말하지 않는가?

"그게 너에게 좋아, 사랑하는 아들아!"

엄마가 말했다. 엄마는 손을 뻗었다.

"올가 페트로프나는 사랑스럽고 따뜻한 사람이야. 너는 올가와 함께 잘 지낼 거야."

"그럼…… 엄마는?"

보리스는 목구멍의 공을 삼키려고 노력했다.

"나는 완야 삼촌한테 가서 살 거야."

"그럼 우리 집은 어떻게 해요?"

"전쟁이 끝나면 다시 여기에서 살 거야."

엄마는 밝게 웃음 지었다. 그 웃음은 엄마의 뜻이 확고할 때 나오는 것이었다.

"네가 잘 떠날 수 있도록 모든 것을 준비해 줄게."

완야 삼촌이 말했다.

"저는 안 가요! 가고 싶지 않아요!"

보리스가 단호하게 말했다.

"전쟁 중에는 아무도 마음대로 할 수 없단다, 녀석아."

완야 삼촌의 목소리가 조금 전보다 더 부드럽게 들렸다.

"우리들의 의지는 대포의 괴성에 죽어 버렸어."

"그래도 저는 가고 싶지 않아요."

보리스는 고집스럽게 버텼다.

"아무도 전쟁을 원하지 않아. 그렇지만 일어나고 있어!"

완야 삼촌은 보리스를 끌어당겼다.

"어떤 부인도 자기 남편이 전선으로 가길 원하지 않아. 하지만 남편들은 떠난다. 어떤 남자도 자기 부인이 굶어 죽는 것을 원하지 않아. 그런데도 그런 일이 일어난단다. 모든 러시아 사람들은 원하지 않던 일을 해야만 하고, 그 일들은 필요한 거야."

완야 삼촌은 보리스를 뚫어지게 바라보았다.

"너는 이 도시를 떠나야 해."

"다른 아이들을 먼저 보내세요!"

"선택할 수 있는 게 아냐, 보리스. 아무도 선택하지 않아."

보리스는 도움을 바라며 엄마를 바라보았다.

그러나 보리스가 스베르들롭스크로 떠나는 것은 다시 생각하고 말고 할 그런 문제가 아니었다. 보리스는 엄마 눈에서 그 뜻을 읽었다. 엄마는 힘없이 침대에 누웠다.

"올가는 다정한 사람이야."

엄마가 말했다. 그러나 손을 가만히 두지 못하고 있었다. 보리스가 떠나야 한다는 사실이 엄마에게도 너무 가혹한 일이었던 것이다. 보리스가 계속 반항한다면 더 힘들어질 뿐이었다. 보리스의 슬픔은 엄마의 슬픔이고, 보리스의 두려움은 엄마의 두려움이기도 했다. 그게 바로 엄마였다.

보리스는 자신이 강해져야 한다고 생각했다. 이제 엄마의 슬픔을 덜어 드려야 한다고 보리스는 마음먹었다.

완야 삼촌이 일어났다.

"이제 가 봐야겠다."

삼촌은 침대 위로 몸을 숙여 엄마에게 작별 키스를 하고 보리스에게 용기를 주려고 어깨를 툭 쳤다.

"내가 모든 것을 준비하마, 애야."

보리스는 고개를 끄덕였다. 그래도 엄마에게 씩씩하게 웃어 보이는 건 어려웠다.

보리스는 엄마가 어렸을 때 올가 페트로프나와 함께 놀던 이야기를 들으면서 독일 빵과 소시지를 같이 먹었다. 그러다 보리스는 저도 모르는 사이에 깊은 잠에 빠졌다. 엄마가 자신을 침대에 안아 눕힌 것도 몰랐다. 잘 자라고 키스해 주는 것만 언뜻 느꼈다. 그러고는 깊은 꿈나라로 빠져들었다.

회색 눈발이 내리는 하늘 아래 네바 강이 하얗게 얼어붙어 있었다. 트럭들은 출발 준비가 다 되어 있었다.

표트르 대제가 살았던 집 건너편 강기슭에는 수백 명의 어린이들이 모여 있었다. 어린아이들은 가방이나 갈대로 만든 바구니를 들고 있었고 가슴에는 이름과 주소가 적힌 이름표가 달려 있었다. 어머니들이 울면서 아이들 주위에 서 있었다.

나디아가 보리스에게 다가왔다. 나디아도 스베르들롭스크에 가는 걸까? 나디아가 손을 뻗었다.

"보리스, 어서 와!"

나디아는 얼음 위를 걸어왔다. 보리스는 얼핏 트럭 운전사들 사이에서 아버지를 본 것 같았다. 보리스는 아버지에게 가서 오른쪽으로 가면 안 된다고 말해 주고 싶었다. 그러나 나디아가 보리스를 끌어당겼다.

"이쪽으로 와!"

갑자기 아무것도 안 보였다. 오직 얼음만 보였다. 나디아와 보리스는 텅 빈 하얀 세상을 함께 걸어갔다.

보리스는 고개를 뒤척였다. 보리스는 무의식중에 앞으로 일어날 일들을 느꼈다. 잠을 자면서 계속 중얼거렸다.

"보리스, 이제 일어났니?"

엄마가 조용히 물었다. 그러나 아무런 대답이 없었다.

보리스는 나디아와 함께 얼어 버린 라도가 호수를 걷고 있었다. 나디아는 얼음이 깨진 데가 있다는 걸 모르는 것일까? 얼마나 많은 얼음들이 금이 가고 깨진 채로 저 얇은 눈 아래 숨어 있는 것일까?

나디아가 웃었다. 나디아는 두려워하지 않았다.

"이제 더 이상 멀지 않아."

나디아가 단정 지어 말했다.

올가가 있다는 스베르들롭스크를 말하는 것일까? 앞에는 하얀 얼음이 끝없이 펼쳐져 있었다. 보리스는 질문을 던지듯 나디아를 쳐다보았다. 이전에는 그런 적 없었는데 갑자기 나디아가 보리스에게 키스를 했다. 나디아의 큰 눈이 이별을 말하고 있었다. 보리스는 나디아에게 스베르들롭스크에 함께 가고 싶지 않은지 묻고 싶었다.

그러나 보리스는 아무 말도 할 수 없었다. 숨이 막힐 것 같았다. 보리스 옆에는 커다란 독일군의 군화가 있었다. 보리스는 권총을 꺼내 들었다. 일야 이바노프 의사의 대기실에 있던 군인이 생각났다. 적군은 결코 친구가 될 수 없지 않은가? 보리스는 총을 쏘고 싶었다. 그러나 그 군화는 사라졌다. 눈 위에는 검은 흔적이 남아 있었다.

저기에 구멍이 있는 걸까? 거기에 날카로운 이빨과 큰 턱을 가진 괴물이 물속에서 헤엄을 치고 있는 것일까? 얼음에 금이 쭉 갔다. 물방울이 튀어 올랐다. 발 아래 얼음이 얼마나 얇은가? 보리스는 심장이 두근거려서 조심스럽게 위험에서 벗어나려고 했다. 계속해서 얼음이 깨지는 소리가 들렸다…….

보리스의 발이 담요 밑에서 움직였다.

보리스의 오른팔이 담요 밖으로 나와 균형을 잡으려는 것처럼 허공을 휘저었다. 보리스는 앞으로 일어날 일을 느끼며 무의식 상태에서도 고개를 흔들었다.

덜덜거리는 엔진 소리가 들렸다. 멀리서 트럭들이 죽음을 싣고 지그재그로 달리고 있었다. 얼음 구멍이 도처에 널려 있었다. 갑자기 보리스는 트럭을 타고 가던 걸 멈추고 차에서 내렸다. 보리스는 가끔 깨진 얼음이 있는 어두운 곳 근처에서 미끄러지기도 했다. 아버지에게 가야만 했다.

보리스는 수송대를 지나면서 맨 앞 트럭에게 손을 흔들어 경고 신호를 보냈다. 맨 앞 트럭에는 솔림스키가 조수와 함께 타고 있었다. 미끄러지는 바퀴, 깨져 가는 얼음 그리고 여기저기로 튀는 물……. 잠시 바퀴 아래에서 얼음이 깨지면서 트럭이 흔들리는 것 같았다. 아버지는 어디 있을까? 보리스는 공포에 사로잡혀 트럭 사이를 달려갔다.

"나디아, 나디아."

보리스는 두려움 속에서 외쳤다. 오직 나디아만이 아버지를 찾는 걸 도와줄 수 있을 것이다. 그러나 나디아는 어디에도 보이지 않았다. 보리스는 단지 높고 먼 곳에서 들리는 나디아의 목소리만을 들을 수 있었다. 마치 그 목소리가 하늘에서 내려오는 것 같았다.

"안녕, 사랑스러운 보리스!"

보리스가 올려다보았다. 하늘에서 전투기의 불길한 소리가 들렸다. 전투기는 별들 틈에서 낮게 다이빙하듯 날았다. 기관총이 두두두 소리를 내면서 발사되었다.

보리스는 죽은 사람처럼 가만히 서 있었다. 이바노프의 차가 뒤집혔다. 파블리치코의 차 앞 유리창이 박살 났다. 보리스의 아버지가 오른쪽으로 비켜 가고 있었다. 얼음 아래 그 끔찍한 괴물이 헤엄치고 있었다.

그때 보리스가 꿈속에서 이제껏 한 번도 경험하지 못한 일이 벌어졌다. 독일군 지휘관이 갑자기 보리스 옆에 섰다. 지휘관은 두려워할 필요가 없다고 보리스를 향해 고개를 끄덕였다. 지휘관이 보리스를 안고 하얀 대지를 지나 도시로 향했다.

얼음 구멍이 사라져 버렸다. 호수 괴물도 더 이상 헤엄치지 않았다. 모든 게 변해 버린 것 같았다. 회색 하늘 아래 아무런 흔적도 없이 눈 내린 대지가 있을 뿐이었다. 눈 위에 남겨진 군화 발자국만 유일하게 보였다.

보리스의 얼굴에 미소가 돌았다. 보리스는 손도 담요 위에 편안히 두었다. 악몽이 지나갔다. 보리스는 깨지도 않고 푹 잘 수 있었다.

11

다음 날 아침은 매우 추웠다. 냄비를 들고 무료 급식소에 나갈 때도 너무 추웠다. 추위 때문에 코와 목구멍이 따끔거렸다. 보리스는 자고 일어난 뒤부터 피난 갈 일에 대하여 줄곧 생각했다. 날씨가 이렇게 추우니 라도가 호수가 빨리 얼어붙을 것이고, 이렇게 계속 춥다면 크리스마스 전에 트럭들이 다시 달릴 수 있을 것이다.

그렇게 되면 보리스는 다른 아이들과 함께 레닌그라드를 떠날 것이다. 보리스는 길 위에 얼어 버린 딱딱한 눈을 짜증 난 듯 발로 걸어찼다. 피난 가지 않을 방법을 찾아야 했다. 나디아가 방법을 알고 있을지도 모른다.

나디아네 집 앞에서 보리스는 기다렸다. 보리스는 무료 급식소로 함께 걸어가면서 나디아에게 모든 것을 설명할 생각이었다. 엄마와 이 문제를 의논할 수는 없었다. 보리스를 보내는 건 엄마에게도 너무 견디기 어려운 일이었다. 보리스는 그것을 잘 알고 있었다. 그렇다면 완야 삼촌? 삼촌은 좋은 사람이다. 체구가 크고, 따뜻하고 정이 넘치는 사람이다. 삼촌이 껴안을 때면 콧수염이 볼을 찔렀지만 삼촌의 사랑을 바로 느낄 수 있었다.

"가지 않을 거야. 무슨 일이 있더라도 가지 않아."

보리스가 혼자서 중얼거렸다.

트럭을 타고 얼어붙은 라도가 호수를 건너느니 차라리 배고파서 죽는 게 낫다고 생각했다.

나디아가 방법을 알고 있을 거야!

그러나 나디아는 나오지 않았다. 보리스는 길거리를 내려다보았다. 대각선 건너편에 있던 이반과 니나의 집은 모두 타 버리고 없었다. 폭탄이 바로 거기에 떨어진 것이다. 보리스는 과거에 이반과 얼마나 재미있게 놀았는지를 생각하며 안타까운 마음이 들었다.

이반은 지금 뉴스키 거리 뒤에 있는 고아원에서 어떻게 지내고 있을까?

나디아는 집에서 벌써 나가고 없을지도 모른다. 보리스는 추위를 느끼며 천천히 걸어갔다. 나디아가 나타날지도 모른다는 희망을 가지고 가끔씩 뒤를 돌아보았다.

멀리서 대포 소리가 들렸다. 독일 정찰대의 지휘관이 이제 다시 러시아군과 싸우려고 주인 없는 땅에 숨어들어 올까? 보리스는 동상 양쪽에 모래주머니가 쌓인 광장에 도착했다. 거리를 손보는 사람들이 어제 폭탄이 남긴 구멍을 메우느라 분주히 일을 하고 있었다. 길 가장자리에는 폭격으로 파손된 트럭 두 대가 비스듬히 세워져 있었다. 트럭조차도…….

"내가 올가 아줌마에게 가지 않으면 무슨 일이 일어날까?"

보리스가 혼잣말을 했다.

완야 삼촌 말처럼 선택권은 없었지만, 보리스는 가기가 싫었다! 보리스는 가기 싫다는 자신의 의지를 확실히 확인하고는 기분이 나아졌다.

무료 급식소의 줄은 매우 길었다. 그곳에서 인내심을 가지고 서 있는 사람들의 대다수는 여자와 어린아이들이었다. 그런데 나디아는 그곳에 없었다. 보리스는 줄을 서며 사람들의 대화를 들었다. 사람들이 이야기하는 걸 듣고 있으면 기다리는 시간이 지루하지 않았다.

"어, 추워."

"그래, 정말 춥다."

"강이 더 빨리 얼어붙으면, 추가로 식량이 올 거야."

"그렇게 되면 무 수프가 다시 약간 진해지겠지."

"진해지고 기름지고."

보리스는 진하고 기름진 무 수프를 먹을 수 있다 하더라도 강이 얼지 않기를 간절히 빌었다. 얼음이 얼지 않으면 스베르들롭스크로 갈 수 없을 테니까.

보리스는 그사이 나디아가 왔는지 보기 위해 뒤를 돌아보았다. 그러나 나디아는 없었다.

"스탈린그라드* 사람들은 저항하고 있대."

"여기 있는 우리처럼 말이야."

"남편이 그러는데 조만간 공격이 시작될 거라고 했어. 그렇게 되면 우리는 해방될 거야."

"그때까지 얼마 안 남았어. 그리고 이 상태는 더 이상 계속될 수도 없지 않아?"

보리스는 이런 말들을 이미 백 번도 넘게 들었다.

이제 더 이상 오래 걸리지 않아……. 그러나 바라던 것은 항상 이루어지지 않았다. 보리스는 지루해져서 신발로 눈을 긁었다. 나디아가 오지 않은 것이 아쉬웠다. 한 발짝 한 발짝 보리스는 아주머니들 곁으로 다가갔다.

"남편한테 무슨 소식이라도 있어?"

"아니 아무것도."

"나는 우리 애들을 피난시키려고 등록했어. 애들이 여기서 어떻게 하겠어?"

"이제 오래 걸리지 않을 거야."

"그건 아주 오래전부터 한 말이잖아."

"하지만 스탈린그라드 사람들도 버티고 있어……."

사람들은 다른 곳에서도 전쟁이 일어나고 있다는 사실을 자주 잊고 있었다. 스탈린그라드, 모스크바. 전쟁의 폭력이 날아가는 연기처럼, 강한 바람을 동반한 불처럼 나라 전체를 휩쓸고 갔다.

보리스는 천천히 무 수프를 퍼 주는 커다란 탁자 쪽으로 옮겨

*스탈린그라드 러시아 볼가 강 하류에 위치한 공업도시이며, 2차 세계대전 때 독일군과 치열한 공방전을 벌여 승리했다. 지금은 볼고그라드라는 이름으로 불린다.

갔다. 이번에는 무 수프에 건더기가 들어 있을까?

보리스 앞에 선 아주머니의 차례가 되었다. 보리스는 아주머니가 받는 무 수프를 주의 깊게 바라보았다. 무 수프는 전날보다 진하지 않았다. 아주머니는 무 수프를 놀란 표정으로 바라보았다. 이렇게 물같이 묽은 무 수프를 받기 위해 그렇게 오랫동안 줄을 서 있었다는 사실을 도통 이해할 수 없다는 듯 머리를 흔들었다.

그렇지만 그 아주머니는 요리사를 보며 웃었다. 요리사도 어쩔 수 없는 일일 테니까.

"내일은 녹은 눈을 받겠군요."

아주머니가 농담을 했다.

요리사도 웃었다.

"눈 무 수프와 아이스크림! 아주머니, 더 원하세요?"

아주머니가 웃었다. 하지만 마음은 그리 기쁘지 않았다.

"양은 적지만 마음은 가득 드리고 있습니다."

요리사가 말했다.

아주머니는 냄비를 들고 걸어 나갔다. 보리스는 냄비를 탁자 위에 올려놓고 식권을 내밀었다. 요리사도 엄마처럼 입 주변이 헐어 있었다.

보리스가 집으로 돌아갈 때 눈이 내리기 시작했다. 거리에는 미친 듯이 부는 바람을 따라 눈발이 사방으로 흩어지고 있었다. 하얀 천이 온 도시를 덮어 버리는 것 같았다. 세상은 조용해지고 작아지고 비밀스러워졌다. 심지어 대포도 더 이상 울리지 않았다.

나디아네 집 앞에서 보리스는 다시 걸음을 멈췄다. 보리스는 이제 용기를 갖고 2층 창문을 쳐다보았다. 그러나 아무도 보이지 않았고 아무것도 움직이지 않았다.

보리스는 나디아가 창으로 눈을 구경할지도 모른다고 생각했다. 그것은 나디아에게 어울리는 것이었다. 눈발을 바라보면서 나디아는 여러 가지 재미있는 일들을 생각할 것이다. 눈발 잡기 놀이나 누가 먼저 눈 위에 떨어지는지 내기하는 놀이 같은 것이었다. 왜 눈이 내리는 걸까 하고 물으면 나디아는 구름과 별들이 물에 젖은 회색빛 지구를 보는 것이 지루해서라고 대답할 것이 분명했다. 구름과 별들이 다른 무언가를 보기 원하니까.

나디아가 보이지 않아 아쉬웠다. 그러나 보리스는 더 이상 기다리지 않았다.

눈이 계속해서 많이 내렸다. 더 이상 서 있다가는 눈사람이 되고 말 것 같았다. 눈사람이 되면 좋은 건 스베르들롭스크로 보내지지 않는다는 것이다.

보리스는 다시 한번 위를 올려다보았다. 그러고는 빠른 걸음으로 하얀 세상을 걸어 집으로 갔다.

보리스는 방구석의 비상용 난로에 완야 삼촌이 가져온 나무로무 수프를 데웠다. 그다음에 엄마와 체스 게임을 세 번 했는데 세 번 모두 보리스가 이겼다.

"엄마가 이렇게 체스를 못 둔 적이 없었는데!"
보리스가 말했다.

"아마 네가 오늘 아주 잘 두어서 그랬을 거야."

엄마가 말했다.

그러나 보리스는 엄마가 체스를 두는 내내 딴생각을 하고 있었다는 걸 알고 있었다.

그다음에 보리스는 성탄절 방학 숙제를 했다. 계속 눈이 와서 일찍 어두워졌기 때문에 숙제를 오래 하지는 못했다. 보리스는 침대로 들어갔다. 사실 이 순간이 하루 중 가장 기분 좋은 때이다. 침대에 누우면 몸이 따뜻해졌고 엄마와 이야기를 나눌 수 있었다.

"지난번에 했던 이야기 더 해 주시겠어요?"

엄마는 어둠 속에서 미소 지었다. 엄마는 보리스가 무슨 이야기를 듣고 싶어 하는지 알고 있었고, 곧 어린 시절에 살았던 큰 별장에 대한 이야기를 시작했다. 할아버지께서 소유하셨던 땅에는 농장이 서른 개나 있었다고 한다.

보리스는 엄마의 이야기를 들으며 이른 아침 시간의 생기가 도는 커다란 집을 그려 보았다. 농장 일꾼들의 목소리 사이사이에 여주인의 프랑스어 몇 마디도 들렸다. 커다란 부엌에서는 요리사가 바로 구운 신선하고 바삭한 빵 냄새가 났다. 불 위에는 주전자가 놓여 있고, 할아버지께서 식탁의 상석에 앉아서 완야 삼촌이 잼을 너무 많이 뜨면 혼을 내셨다.

"아침 식사를 할 때 우리는 항상 카시미르의 마차에서 나는 종소리를 들었어. 그때는 학교 갈 시간이었단다."

카시미르는 말을 모는 사람인데 땅에 닿을 정도로 긴 양털 외투를 입었다. 썰매 앞에는 프스카와 플롬이라는 말 두 마리가 서 있었다. 말에 대해서는 보리스도 이미 알고 있었다. 상상 속에서 모든 것이 분명히 떠올랐다.

커다란 거실 벽은 할아버지께서 사냥에서 잡으신 곰과 멧돼지 머리로 장식되어 있었다. 거실에는 주인이 외투를 입고 기다리고 있었다. 일꾼들은 프랑스 출신 주인에게 프랑스어로 "주인님, 고맙습니다."라고 말했다.

엄마와 완야 삼촌은 할머니께 인사를 한 뒤 썰매에 올라탔다. 엄마와 삼촌이 뒤에 탄 뒤 두꺼운 털을 덮으면 카시미르는 채찍으로 때렸다.

와, 그렇게 학교에 가다니!

어느 날 할아버지께서 자신의 농장에서 일하고 있는 모든 소작 농들을 집으로 부른 뒤 그들에게 농장을 나눠 주셨다. 할아버지는 정의와 평등을 믿는 분이셨기 때문이다.

"농민들이 감격해서 눈물을 흘렸단다, 보리스. 진짜 러시아 민중인 그 사람들은 감정이 복받쳤지. 사람들이 차례로 나와 할아버지에게 키스를 하는 것을 너도 봤어야 해!"

그리고 얼마 지나지 않아 1차 세계대전이 터졌다. 그때도 전쟁이었다. 할아버지는 러시아를 위해 독일군과 싸우려고 전쟁터로 가셨다. 그리고 다시는 돌아오지 않으셨다…….

몇 년이 지나고 큰 혁명이 온 나라를 휩쓸었다. 그때 엄마는 아버지를 처음으로 보았다.

"네 아버지는 레닌그라드 광장에서 수백 명의 사람들과 행진하고 있었단다. 맨 앞쪽에서. 아버지가 붉은 기를 들고 있었어. 그때 아버지의 얼굴을 보았어야 해. 모든 사람이 행복하게 살 수 있다는 자신감과 빛으로 가득 찬 얼굴을!"

그러나 행복에 대한 사람들의 생각이 서로 달랐기 때문에 내전이 일어나게 되었다. 그때 500만 명의 사람들이 굶어 죽었다. 그때도 배고픔으로! 그때 지독한 일들이 일어났다.

그리고 지금 다시 전쟁이 일어났다.

도대체 평화를 위해 군인들이 얼마나 더 싸워야 할까? 대포가 조용해지기까지 얼마나 많은 눈물이 흐르고, 얼마나 많은 아이들이 피난을 가야 할까?

"오직 하얀 눈만이 그 답을 알고 있어. 그러나 눈은 땅에 닿자마자 녹으니까 슬퍼."

나디아는 그렇게 대답할 것이다.

어딘가에 해답이 있지 않을까? 그러나 보리스는 그런 복잡한 생각을 하고 싶지 않았다.

"그때는 부활절을 어떻게 보냈는지 이야기해 주세요."

보리스가 재빨리 물었다.

엄마는 다시 생기를 띠며 얘기를 시작했다.

"우리가 교회에 갈 때면 종이 울리고 길거리에 사람들이 어디서나 우리들에게 행복을 빌어 주었어……."

그러나 보리스는 그 뒷이야기를 듣지 못하고 잠이 들었다. 꿈속에서 보리스는 붉은 기를 들고 레닌그라드의 거리를 누비는 아버지를 보았다. 아버지는 식량을 실은 트럭을 몰고 얼어붙은 호수 위를 지나가지 않았다……

12

다음 날 아침에도 계속 눈이 내렸다. 보리스는 많은 눈이 내렸다는 걸 밖에 나가서야 알았다. 여기저기서 등이 굽은 아주머니들이 따뜻하게 차려입고 눈을 치우며 길 가장자리로 눈을 쌓아 올리고 있었다. 도로에는 사람들이 다닐 좁은 길만 나 있었다.

보리스는 또다시 나디아를 기다렸다. 나디아가 무료 급식소로 갔을까? 보리스는 뛰어가기 시작했다. 나디아에게 스베르들롭스크에 대하여 이야기해 주고 싶었다. 그러나 무료 급식소에서도 나디아를 만나지 못했다. 보리스는 집으로 가는 길에 나디아 집에 잠시 들르기로 했다.

보리스는 천천히 걸었다. 눈으로 덮인 레닌그라드는 아름다웠다. 폭격으로 파괴된 도시의 모습은 눈에 묻혀 잘 보이지 않았다. 폐허 더미도, 광장에 서 있는 조형물을 보호하려고 쌓은 모래주머니들도 두꺼운 눈에 덮여 있었다.

눈이 오니까 좋았다. 최소한 이제는 독일군 비행기가 폭격하려고 오지는 않을 것이다.

보리스는 천천히 2층으로 가는 계단을 올라갔다. 무 수프가 담긴 냄비를 현관에 내려놓았다. 나디아 집 초인종을 누르기로 했다. 보리스는 나디아 아버지와 세르요자가 죽은 데 대해 나디아 엄마에게 어떤 말이라도 해야 하지 않을까 고민이 되었다.

나디아 엄마에게 유감이라고 말해야 할까?

초인종을 눌렀다. 초인종 소리가 청명했다. 그러나 아무도 나와서 문을 열지 않았다. 보리스는 또다시 초인종을 누르고 계단을 바라보았다. 계단에서 나디아와 함께 놀던 생각이 났다. 정말 나디아다운 놀이였다! 엉뚱한 질문을 하고 빨리 대답을 해야 하는 놀이였다. 답을 맞추면 한 계단 아래로 뛰어 내려갈 수 있었다. 계단을 먼저 내려오는 사람이 이기는 놀이였다.

"페라의 숫염소 털로 만든 가발은 염소 가발이 아니지?"

"왜 늙은 안드레이는 귀로 이야기하지 않을까?"

계단은 스물두 개였다. 그러나 계단 아래까지 다 내려가기 위해서는 보통 마흔 개의 말도 안 되는 엉뚱한 질문을 해야 했다.

보리스와 나디아는 자주 피식 웃었다. 한번은 나디아가 계단에서 떨어진 적도 있었다.

보리스는 세 번째로 초인종을 눌렀다. 그러나 아직도 기척이 없었다. 나디아가 엄마랑 같이 장을 보러 갔을까? 보리스는 실망한 채 스물두 개의 계단을 내려왔다. 보리스는 냄비를 들고 밖으로 나왔다. 하늘을 오랫동안 쳐다보고 있으면 수천 개의 눈발이 춤을 추며 내려오는 모습에 어지럼증이 인다. 이 눈발들은 왜 전쟁이 일어나는지 알고 있을 거라고 나디아가 말했었다.

보리스가 집에 돌아왔을 때 완야 삼촌이 엄마 옆에 앉아 있었다. 엄마가 서명할 서류를 가져온 것이다. 엄마는 아름다운 글씨로 네 번이나 서명을 했다.

"이제 다 됐어."

완야 삼촌이 말했다. 그리고 일어나서 서류를 모두 모았다.

"삼촌, 조금만 더 있다 가실래요?"

보리스가 물었다. 그러나 삼촌은 고개를 흔들었다.

"너무 바쁘구나. 할 일이 너무너무 많단다!"

삼촌은 보리스의 볼에 입을 맞추고 어깨를 툭 치더니 가 버렸다.

"삼촌은 아이들을 피난시키느라 그렇게 바쁜 거예요?"

보리스가 물었다. 엄마가 고개를 끄덕이며 대답했다.

"삼촌은 전 세계를 구하고 싶어 한단다. 하지만 그게 안 되니까 레닌그라드의 아이들만이라도 보살피려고 하는 거란다."

"어쩌면 아이들이 그 일을 좋아하지 않을지도 몰라요."

"뭐라고?"

엄마가 물었다.

"자신들이 구조되는 거요!"

엄마가 너무나 심각한 표정으로 바라보자, 보리스는 마지막 말을 한 게 후회되었다.

"아이들은 아직 잘 모른단다."

엄마가 부드럽게 말했다.

"나중에, 아주 먼 나중에 그 애들이 자기 인생을 다 살게 되면 그때는 완야 삼촌이 자기들을 보살펴 주신 것이 잘된 일이라고 생각할 거다."

보리스는 고개를 끄덕였지만 스베르들롭스크를 다시 떠올리지 않을 수 없었다.

"아마도 피난을 가게 된 아이들 중에 커서 유명한 의사가 될 아이들도 있을 거야. 그 아이들 중에는 작가도 나와서 자기가 쓴 책으로 수천 명의 사람들을 행복하게 만들 거야. 그리고 그 아이들 중 한 명은 나중에 러시아를 다스리게 될지도 몰라."

"그러면 다시는 전쟁이 일어나지 않게 하겠죠?"

"누가 알겠니."

엄마가 잠시 망설이며 말했다.

보리스는 엄마 말을 깊이 생각하지는 않았다. 그러나 지금 당장은 자신이 나중에 무엇이 될지 확실히 모르기 때문에 완야 삼촌이 자신을 구하지 않아도 될 것처럼 느껴졌다. 무슨 일이 생겨도 엄마를 떠나지 않을 것이다. 그러기 위해서는 나디아와 이 일에 대해 이야기해야 한다. 비록 피난 신청서에 이미 서명했다고 하더라도 나디아는 피난 가지 않을 방법을 분명히 생각해 낼 수 있을 것이다.

다시 나디아 집으로 갔을 때는 늦은 오후였다. 레닌그라드에 마지막 눈발이 날리고 있었다. 하늘이 약간 밝아지기 시작했다. 이제 아주 추워질 것 같았다.

보리스는 또다시 계단을 올라가서 초인종을 눌렀다.

한 번, 두 번, 세 번, 세게 그리고 오랫동안 눌렀다. 그러나 안에서는 아무런 기척도 없이 조용하기만 했다. 답답했다. 무슨 일이 일어났을까? 복도 안쪽에서 문이 열렸다.

나디아의 이웃에 사는 이리나 아키모바 할머니가 다리를 끌면서 요강을 들고 다가왔다.

"나디아를 만나러 왔니?"

할머니가 물었다.

보리스는 고개를 끄덕였다.

"초인종은 눌렀니?"

"이미 세 번이나 눌렀어요. 오전에도 마찬가지였고요!"

보리스가 대답했다.

이리나 아키모바 할머니는 놀라서 닫힌 문을 바라보았다. 보리스를 바라보는 할머니의 눈 속에서 보리스는 또다시 호수 괴물의 지느러미가 꿈틀거리는 것을 보았다.

"하느님이시여."

할머니가 속삭이듯 말했다. 할머니는 요강을 내려놓고 복도로 달려갔다.

"유리, 유리!"

할머니가 흥분하여 외쳤다.

"유리, 빨리……."

"무슨 일이야?"

유리 할아버지가 복도로 나왔다. 그리고 잠시 이해할 수 없다는 듯이 주위를 둘러보았다. 이리나 할머니가 그를 끌어당겨 문을 가리켰다. 할머니의 놀란 얼굴은 다른 설명이 필요 없었다.

보리스는 심장이 뛰는 것을 느꼈다. 숨이 막혀 왔다. 문 뒤에서 무슨 일이 일어났을지 생각하고 싶지도 않았고 보고 싶지도 않았다. 아무것도 생각하지 말자! 그러나 그것은 불가능했다.

"나디아!"

보리스는 자기가 무슨 말을 하는지도 모르고 속삭였다. 보리스의 시선이 계단의 발판을 따라 미끄러졌다. 나디아, 나디아, 나디아!

상상 속에서 보리스는 나디아가 뛰는 것을 보고 나디아에게 엉뚱한 질문을 하고 있었다.

유리 할아버지가 문을 열었다. 보리스는 현관에 나디아의 외투가 걸린 것을 보았다. 세르요자의 신발이 탁자 아래 있었다.

유리 할아버지가 이리나 할머니를 향해 고개를 끄덕였다.

호수 괴물의 무서운 지느러미가 불안하게 움직였다. 보리스는 감히 들여다볼 용기가 나지 않았다.

이리나 할머니가 보리스를 옆으로 밀고는 방으로 들어갔다.

"맙소사. 오 하느님!"

유리 할아버지는 움츠린 채 천천히 성호를 그었다.

보리스는 못 박힌 것처럼 복도에 서 있었다. 도망치고 싶었지만 그럴 수 없었다.

나디아! 이럴 수는 없어! 이건 불가능한 일이야! 보리스는 갑자기 나디아와 헤어지는 꿈을 꾸었던 게 생각났다. 이제 무슨 일이 일어났는지 정확히 알 것 같았다. 이리나 할머니가 천천히 방에서 나왔다.

"그들은……."

유리 할아버지는 말을 잇지 못했다. 이리나 할머니가 고개를 끄덕였다. 할머니 손에는 두꺼운 파란색 공책이 쥐여 있었다. 할머니는 공책을 잠시 높이 들었다.

"나디아가 여기에 무언가를 써 온 것 같아."

할머니는 그 공책을 탁자 위에 올려놓았다. 탁자 아래에는 세르요자의 신발이 놓여 있었다.

파란색 공책은 나디아의 일기장이었다.

보리스는 자신이 얼마나 오랫동안 계단 옆 복도에 서 있었는지 알지 못했다. 보리스 주위에는 사람들이 왔다 갔다 하며 문이 열리고 닫혔다. 할머니 한 분이 복도로 나왔다. 그 할머니는 성 세르게이의 형상이 담긴 성화를 들고 초 한 토막을 손에 쥐고 있었다. 나디아와 나디아의 엄마를 위해 저 초를 켜려는 것일까?

사람이 죽었고, 더 이상 이 세상에 없는데 왜 사람들이 저렇게 야단법석을 떠는 것일까? 성화나 촛불은 아무것도 바꿀 수 없다. 보리스는 안으로 들어갈 용기가 없었다.

그러나 보리스는 그 자리를 뜨지 않았다. 알 수는 없지만 무엇인가 부족한 것 같았다. 보리스는 조심스럽게 문을 바라보았다. 문

안쪽으로 아주머니들이 들락날락했다. 그때 보리스는 작은 탁자 위에 나디아의 일기장이 놓여 있는 것을 발견했다.

천천히 문 안으로 들어갈 때 아무도 보리스에게 관심을 가지지 않았다. 속삭이는 소리, 작은 목소리 그리고 울음소리가 방에서 흘러나왔다. 세르요자의 큰 신발을 보자 눈물이 쏟아져 나왔다. 마치 안개 사이로 보이는 것처럼 파란 공책 위에 적힌 '나디아 모로조바의 일기장'이란 글씨가 흐릿하게 보였다.

보리스는 그 공책을 재빨리 아무도 모르게 외투 속에 집어넣었다. 그리고 가능한 한 빨리 눈에 띄지 않게 복도를 지나 계단을 내려왔다.

왜 나디아야?

왜 하필 나디아야?

왜 완야 삼촌은 나디아를 미리 구하지 않았을까?

이제 누구하고 스베르들롭스크로 피난 가는 것에 대하여 이야기를 해야 할까?

계단을 하나씩 디딜 때마다 질문이 나왔다.

왜 나디아야?

이 질문이 계속 머릿속에서 맴돌았다.

보리스는 나디아의 일기장을 품에 꼭 안은 채 눈 쌓인 좁은 길을 걸어 집으로 왔다. 잠시 하늘을 바라보았다. 추워질 것 같았다. 구름이 모두 눈이 되어 내렸다. 하늘은 맑고 선명했다. 아마 이제 나디아가 거기 있기 때문일 것이다.

13

집에 도착한 보리스는 아무 말도 할 수 없었다! 나디아가 죽었
다. 나디아의 죽음은 쓰라려서 손댈 수 없는 커다란 상처였다. 너
무 고통스러워 소리라도 지르고 싶었다.

나디아의 일기장을 탁자 위에 놓자 엄마가 물었다.

"뭐니, 보리스?"

"아, 공책이에요."

보리스는 나디아, 나디아의 엄마, 그리고 일기장에 대하여 생각
하지 않으려고 애썼다. 나디아의 외투와 털모자가 옷걸이에 어떻
게 걸려 있었는지, 세르요자의 큰 신발이 어떻게 탁자 아래 놓여
있었는지 잊고 싶었다.

돌아다니거나 일을 할 때는 그럴 수 있었다. 그러나 침대에 누
워 있을 때는 그 생각이 막을 수도 없이 밀려왔다. 원하든 원하지
않든 보리스는 일기를 쓰다가 영원히 잠들어 버린 나디아를 생각
해야만 했다. 목에 무언가 커다란 것이 걸린 듯 숨이 막히는 것 같

았다. 나디아가 너무나 피곤해서 잠시 망설이다가 다시 몇 개의 글자를 쓰고 마침내 마지막 글자를 쓰고 있는 모습을 보고 있는 것 같았다.

보리스는 갑자기 울기 시작했다. 보리스는 입술을 깨물고, 엄마가 듣지 못하도록 침대 시트를 물었다. 그때 첫 번째 흐느낌이 나왔다. 그리고 또다시 한 번…….

"보리스?"

보리스는 대답할 수 없었다. 보리스는 억지로 눈물을 참으려고 했다.

"보리스!"

갑자기 보리스는 소리내어 흐느꼈다. 스르르 하는 소리가 들리고 조용한 발걸음 소리가 났다.

보리스는 이마 위로 엄마의 손길을 느꼈다.

"보리스, 무슨 일이니?"

보리스는 고개를 저었다. 이야기하고 싶지 않았다. 엄마가 몸을 굽혀서 보리스를 안았다.

"엄마한테 말해 보렴."

엄마가 조용히 말했다.

"다 말하고 나면 좋아질 거야."

몇 달 동안의 슬픔이 출구를 찾은 듯 보리스는 참지 못하고 엄마 가슴에 얼굴을 묻고 울었다.

"나디아가 죽었어요!"

잠시 동안 침묵이 흘렀다. 보리스는 엄마의 손이 경련이 일어나는 것처럼 딱딱해지는 것을 느꼈다.

"애야, 오 애야!"

엄마의 목소리는 기운이 없었지만 동시에 조용히 위로를 해 주는 것처럼 들렸다.

"그 어린 나디아가……."

"왜 하필 나디아예요?"

보리스가 물었다. 엄마의 손이 다시 푸근하게 보리스의 등을 다독였다.

"보리스, 그런 일들이 생겨난단다. 우리는 언제나 이유를 알고 싶어 하지만 이유를 물으면 안 되는 일도 있단다. 그저 계속 살아가야 해. 그렇게 하면 자연히 그 답을 알게 되는 거야!"

"어떻게요?"

"우리들의 마음과 우리들의 손으로 주어진 일들을 계속해 가면서, 우리를 위해, 러시아를 위해, 그리고 세계를 위해서!"

엄마는 잠시 몸을 떨었다. 난로를 아주 잠시만 켰다 껐기 때문에 방 안은 얼음이 얼 정도로 추웠다.

"이제 주무셔야죠. 그러다 감기 들겠어요!"

보리스가 말했다.

보리스는 엄마의 손이 머리를 쓰다듬는 것을 느꼈다.

엄마가 일어났지만 침대로 가지 않았다. 엄마는 그릇장 쪽으로 다가가서는 거기에서 무엇인가를 찾고 있었다.

성냥이었다! 보리스는 성냥 켜는 소리를 들었다. 아직 성냥이 남아 있었던 것이다. 엄마는 자기 침대로 걸어가더니 탁자에 무언가를 올려놓고 성냥을 켰다.

보리스는 엄마가 무엇을 가지고 왔는지 보았다. 엄마 침대 옆 탁자 위에는 마지막 초가 꽂혀 있는 은촛대가 있었다. 이 마지막 초는 성탄절을 위해 남겨 두었던 것이다. 그 옆에는 공책이 놓여 있었다.

엄마는 초를 들고 침대로 들어갔다.

"무엇을 하시려고요?"

보리스가 물었다.

"이리 와 보렴. 나디아의 일기를 함께 읽어 보자."

엄마가 말했다.

보리스는 머뭇거리면서 큰 침대로 갔다. 보리스는 엄마가 일기를 소리 내어 읽지 않기를 바랐다. 아직은 상처가 너무도 쓰라렸다.

"우리는 매일 일어나는 일들을 받아들일 수밖에 없단다."

엄마가 말했다. 보리스는 엄마 옆자리에 누웠다.

그 순간 공습경보가 울리기 시작했다.

몇 달 전에 보리스와 엄마는 밤에 공습경보가 울려도 대피소로 가지 않기로 약속했다.

"대피소로 피하는 일은 아무런 의미가 없어. 일어나야 할 일은 반드시 일어나고 말 거야."

엄마가 말했었다. 그 이후로 엄마와 보리스는 밤중에 경보가 울려도 계속 침대에 남아 있었다. 처음 몇 번은 침대에 누워서 무력하게 폭격을 기다리는 것이 무서웠다. 경보가 울리고, 정적이 흐르고, 발자국 소리로 정적이 깨지고 어린이와 여자들을 재촉하는 큰 소리와 울부짖는 소리가 들렸다.

전투기의 엔진 소리가 가깝게 들렸고 대공포가 지독한 사격을 퍼붓는 소리도 들렸다. 그 소리는 마치 미친 개가 달을 향해 사납게 짖어 대는 것 같았다. 마침내 피할 수 없는 폭탄의 심한 진동이 전해져 왔다. 소리만으로도 어느 지역이 폭격을 받았는지 알 수 있었다. 가끔 폭발의 위력이 너무도 가깝게 느껴졌다. 그럴 때면 집 전체가 흔들리고 침대에 누워 있는 사람의 몸도 흔들렸다. 그러면 숨을 멈추고 다음 폭탄이 명중할 것인지 기다려야 했다.

엄마는 폭격에 아무런 관심을 보이지 않았다. 엄마는 여유 있게 계속 말을 했고, 소음이 아주 클 때만 잠시 침묵했다. 그게 전부였다. 엄마 목소리가 떨리는 것은 한 번도 들어 본 적이 없었다.

엄마는 폭탄이 터지고 대포가 발사되거나 멀리서 비명 소리가 들리는 도중에 "이번 폭격은 가까운 곳이다." "해군 부두를 폭격하고 있구나." "내가 내일 책들을 타야에게 돌려줘야 한다고 알려 주겠니."라는 말들을 했다.

보리스도 점차 야간 공격에 적응하게 되었다. 이렇게 밤에 폭격을 겪고 나면 사람들은 보통 성격이 아주 급해지거나 혹은 죽을 것처럼 겁을 먹고 어두운 방구석으로 기어들어 가게 된다. 사람들은 기도하거나 울지만, 그건 아무런 도움이 되지 않았다.

지금도 마찬가지이다. 레닌그라드에 울리는 공습경보가 폭격 입은 도심에서 솟아나는 야생동물의 울부짖음 같았다. 그 가운데에서도 엄마는 여느 때처럼 행동했다. 엄마는 일기장을 열고, 조용해질 때까지 기다렸다가 읽기 시작했다.

꼭 옛날 할아버지의 집에서 있었던 일들을 이야기할 때처럼 차분하고 믿음직한 목소리였다.

"사랑스러운 일기장."

엄마가 읽기 시작했다. 보리스의 온몸이 떨리기 시작했다. 이것은 나디아의 일기장이었다. 보리스는 엄마가 나디아의 일기장을 읽는 것을 듣고 싶지 않았다.

아직은 아니다. 보리스는 이를 악물었다. 그러고는 숨을 멈추고 두려움이 사라질 때까지 들었다.

엄마가 읽는 글을 통해 새로운 나디아의 모습이 나타나고 있었다. 죽은 나디아로서가 아니라 언제나 살아 있을 나디아의 모습으로서······.

사랑스러운 일기장에게.

오늘 항상 코에 콧물이 달려 있는 디미트리 스뮬의 가게에서 너를 샀어. 내가 너에게 콧물을 떨어뜨리면 나는 이미 죽은 사람일 거야. 왜냐하면 나는 너를 깨끗이 보관할 테니까, 알겠지? 깨끗한 너는 내 것이야.

보리스는 잠시 미소를 지었다. 두려움은 완전히 사라졌다. 보리스는 가게에 서 있는 나디아의 모습을 그려 봤다. 나디아가 디미트리의 코를 어떤 표정으로 바라보았을지 정확히 상상할 수 있었다.

나를 보고 웃지 않겠다고 약속한다면 너에게 모든 것을 솔직하게 이야기할게. 일기장아! 나는 약간 엉뚱한 아이야. 내 생각은 다른 사람들과는 달라. 아니면 모든 사람들의 생각이 다 다른 건가?

너를 샀을 때 나는 무료 급식소에 가야 했어. 우리는 거기에서 맛있는 무 수프를 받아. 그런데 아빠는 그 무 수프를 거의 먹으려고 하지 않아. 아빠는 당신 몫의 절반을 나와 오빠에게 주셔. 엄마는 화를 내셨어. "당신도 먹어야 해요." 엄마가 말했어. 그런데 아빠는 배가 고프지 않다고 말했어.

사랑하는 일기장, 너는 아빠를 잘 알지 못하겠지만 나는 아빠가 왜 안 드시는지 알아. 그 이유를 알고 싶지 않았는데, 알게 되었어. 월요일 혹은 화요일(그런데 이것은 중요하지 않아), 이틀 중 하루는 보리스 아빠가 여기에 오셔. 보리스 아빠는 우리 아빠에게 라도가 호수를 건너서 도시로 식량을 운반하는 데 자원봉사를 할지 물었어.

아빠는 오랫동안 기다리다가 대답했어. 그때 아빠가 조용히 이야기했어. "난 용기가 없어, 알렉세이 마카렌코. 나는 모든 일을 할 수 있겠지. 하지만 그 호수를 건너는 죽음의 운행만은 함께할 수 없어."

마카렌코 아저씨는 화를 내지 않으셨지. 그 아저씨는 좋은 사람이야. 아저씨는 큰 손을 아빠의 어깨에 올리셨어. 그리고 그 아저씨가 무슨 말을 했는지 알아? (물론 너는 모르지. 왜냐하면 너는 그때 디미트리 스물의 가게에 있었으니까.) 아저씨는 "오직 용기 있는 사람만이 자기가 두렵다고 고백할 용기가 있어!"라고 말씀하셨어. 나는 아저씨를 안아 주고 싶었어. 그런데 그때, 아빠가 나를 바라보셨어. 나는 아빠의 눈에서 아빠가 나, 엄마, 오빠 때문에 운전하길 원하지 않는다는 것을 읽을 수 있었어.

아빠는 겁쟁이가 아니었어, 일기장아. 아빠는 단지 모든 사람과는 달랐어, 나처럼 말이야. 그러나 아빠는 그 일 이후부터 식사를 하지 않으려 하셨어.

전투기의 단조로운 굉음이 위협하듯이 천천히 다가왔다. 도시 외곽 진지에 대공포의 사격이 시작되었다. 그러나 그 소리가 오래 지속되지는 않았다.

파괴와 죽음을 알리는 굉음은 들리지 않았다. 보리스는 단지 엄마의 부드러운 목소리만 들을 수 있었다.

일기장아, 너는 아빠의 눈이 나를 슬프게 한다는 것을 아니? 아빠는 그렇게 슬프게 쳐다보시는데……. 글쎄 내가 무어라고 이야기를 해야 할까? 그런데 아빠는 그렇게 쳐다보셔, 알겠니?

아마도 아빠가 더 이상 그림을 그릴 수 없기 때문이실 거야. 아빠는 그림을 잘 그렸거든. 아빠의 그림 세 점이 에르미타슈*에 걸려 있는 것을 아니?

거기에는 타라스 셰프첸코와 브르로프, 그리고 렘브란트의 그림도 전시되어 있어. 이 정도면 어느 정도인지 너도 알겠지!

지금은 매우 어둡다. 내일 일기를 계속 쓸 거야. 너에게 모든 것을 이야기할 수 있어 참 기분이 좋아. 참, 전쟁이 일어났다고 이야기하는 것을 잊었구나⋯⋯.

밖에는 지옥이 시작되었다. 사방에서 대포 소리가 진동했다. 탐조등의 빛은 장엄한 하늘의 백조 같았다. 멀지 않은 곳에서 기관총이 덜덜거리는 소리가 요란했다. 비행기 한 대가 저공비행을 하는 게 분명했다.

보리스는 숨을 멈추고 기다렸다. 첫 번째 폭발이 시작되었다.

보리스의 몸이 굳었다. 보리스는 엄마의 부서질 것 같은 어깨가 손잡이라도 되듯 꽉 붙잡았다. 엄마는 보리스의 손을 붙잡았다. 조금 뒤 엄마는 밖에서 아무 일도 일어나지 않는다는 듯이 계속 읽으셨다.

오늘 정말 많이 웃었어. 보리스와 계단에서 놀이를 했는데 정말 엉뚱한 놀이였어! 보리스가 좋은 건 그 애는 어떤 것도 엉뚱하다고 생각하지 않고, 무슨 놀이든 바로 이해한다는 거야. 보리스는 내가 알고 있는 남자아이들 중 유일하게 조심스럽게 말하는 애야. 다른 남자아

*에르미타슈 레닌그라드, 지금의 상트페테르부르크에 있는 러시아 최대의 국립 미술관.

이들은 큰 소리로 말하고 비명을 지르곤 하는데, 보리스는 말이 상처를 줄 수도 있다는 것을 아는 아이야.

우리들은 종종 서로에게 아주 괴상한 질문을 던져. 질문에 대답을 하게 되면 계단을 하나 내려갈 수 있어.

"왜 하늘은 세수하지 않을까?"

"하늘이 늦잠을 자기 때문이지."

보리스는 바로 대답했어.

그런데 그것은 사실이야. 그래서 태양이 하루 종일 나타나지 않으려나 봐. 이런 식으로 우리들의 놀이는 계속되었어. 그런 다음에 우리는 민방위대를 위해 전쟁 소식지를 돌렸어.

이제 폭발 소리가 아주 빠르게 연속적으로 들렸다. 폭격이 몇 분 후면 사라질 것이지만, 이 몇 분이 영원한 것 같았다. 엄마는 계속 읽었다. 그러나 보리스는 (가끔 몇 개의 단어 이외에는) 더 이상 듣지 못했다. 지독한 번개가 내려치듯 도시가 흔들렸다.

보리스는 눈을 감았고, 상상 속에서 폭탄이 떨어지는 것을 보았다. 전투기가 대체 몇 개의 폭탄을 이 도시에 떨어뜨리려는 걸까? 보리스는 공포에 질려 담요 아래로 몸을 움츠렸다. 짧은 침묵이 흘렀다. 심지어 엄마의 목소리도 들리지 않았다. 폭격이 끝났을까?

조용한 침묵이 집 안을 짓누르듯 흐르고 있었다.

대포 소리가 약해졌다.

보리스는 긴장을 풀었고 깊은 한숨을 쉬었다. 그때 귀를 먹게 할 정도의 큰 폭음이 집 전체를 흔들었다. 할아버지가 그린 큰 그림이 충격으로 벽에서 떨어졌다. 칼과 포크가 서랍에서 부딪치는 소리를 냈다. 천장에서 삐걱 소리가 나면서 석회가 바닥으로 떨어졌다.

보리스는 본능적으로 엄마에게 몸을 기댔다. 잠시 후 조용해졌다. 오직 도시 외곽 먼 곳에서만 총격이 이루어졌다.

보리스는 조심스럽게 눈을 떴다. 방 안은 어두웠다. 촛불은 꺼져 있었다. 위협은 사라졌다.

"더 읽어 줄까?"

"아니에요."

보리스가 말했다.

"지금은 더 이상 읽지 마세요. 내일 읽어 주세요."

"그럼 우리 자도록 하자."

"예."

보리스는 담요를 정리하고 자기 침대로 갔다. 발바닥에 석회 가루가 느껴졌다. 침대에 누웠지만 잠이 오질 않았다. 나디아가 죽었다. 그러나 고통은 조금씩 나아지고 있었다.

내일 나디아의 일기를 계속 읽을 것이다. 그 일기장은 언제까지나 남아 있을 나디아의 일부였다. 내일이 되면 오늘 마지막으로 폭격을 맞은 지역이 어딘지 알 수 있을 것이다.

"엄마, 옛날이야기 해 주세요."

가장 좋았던 것은 이제 모두 잊었다. 엄마는 기운을 내서 어렸을 때에 살았던 커다란 집에 대하여 이야기하기 시작했다.

밖에서는 레닌그라드의 구호가 된 "안전합니다."라고 외치는 소리가 들렸다. 멀리서 사람들의 목소리가 가느다랗게 들렸다. 비상 대기조, 응급차, 구조대, 소방수, 청소원들이 이 밤에 모두 다 출동했다.

14

보리스는 창가의 탁자에서 나디아의 일기를 읽었다. 엄마는 낮잠을 자고 있었다. 잠을 자면서 엄마는 가볍게 앓는 소리를 냈다.

나디아가 필기체로 써 내려간 문장을 읽는 일이 보리스를 우울하게 만들었다. 단정하게 쓰지 않았지만, 새로 페이지가 시작될 때면 깔끔하게 써 내려갔다. 그러나 몇 줄이 지나면 단정한 글씨가 다시 사라져 버렸다. 공책에는 나디아가 자기 생각을 적느라 서두른 흔적이 확연히 드러났다.

나디아를 알았다는 것은 보리스에게는 행운이었다. 보리스는 이제 나디아의 모든 말과 생각을 이해할 수 있다. 나디아가 서둘러 쓴 짧은 글도 그 의미를 다 알 수 있었다.

사랑스러운 일기장아, 나는 머리에서 발끝까지 무섭단다. 오직 발만 용감해. 발은 계속 걷고 있어. 어디든지 갈 수 있어. 그런데 너에게 내가 얼마나 겁쟁이인지 말해 줄게. 오늘 큰 차가 이반의 엄마와 어린 니나를 데리러 왔어. 그저께 죽은 베라 포로바도 데리러 왔고. 나는 쳐다볼 용기가 없었어. 나는 편히 살고 싶지만, 용감하게 죽는 법도 배워야만 해.

사람들은 자기가 무엇을 위해 사는지 알고 있을까? 여기 레닌그라드에 사는 사람들 모두는 자기가 무엇을 위해 싸우는지, 왜 배고픔으로 고생을 하고 또 죽어 가는지 알고 있어. 자유를 위해서야! 그렇지만 우리는 오직 자유만을 위해서 살지는 않잖아? 웃기지. 우리는 우리가 무엇을 위해 사는 줄도 모르지만 무엇을 위해 죽는지는 아니까 말이야.

사람들을 즐겁고 행복하게 해 주고 싶어. 그래서 나는 영화배우가 되고 싶어. 그렇지만 내가 배우가 될 수 있을 것 같지는 않아. 누가 나처럼 작고, 야위고 홀쭉한 애를 쳐다보겠니?

하루 종일 비가 오고 있어. 하늘이 울고 있어. 그러나 레닌그라드에는 더 이상 눈물이 없어. 모든 사람들은 무척이나 용감해. 내가 겁쟁이라는 것이 비극이야.

보리스는 잠시 밖을 쳐다보았다. 나디아는 겁쟁이가 아니었다. 길 건너편에는 올레샤 할머니가 눈 더미 사이 통로에서 몸을 질질 끌며 걸어가고 있었다. 할머니는 얼어 버린 작은 양동이 두 개에 물을 길어 왔다. 나디아가 그렇게 어린 나이에 죽었는데 저렇게 나이 든 할머니가 아직 살아 있다는 사실이 놀라웠다. 보리스는 반년 전에 올레샤 할머니가 엄마에게 하는 이야기를 들은 적이 있다.

"나는 충분히 살았어. 내게 인생은 세 번이나 봐야 하는 지겨운

영화야!"

그런 할머니는 저기 눈 사이를 걸어 다니고 있었다.

엄마가 잠결에 뭐라고 했다. 담요 스치는 소리가 나고 엄마는 돌아누웠다. 엄마가 죽을지도 모른다는 두려운 예감에 숨이 막혀 왔다. 오늘 아침까지만 해도 엄마는 기력이 있었다. 그러나 엄마가 예전보다 아파하는 모습이 분명히 보였다. 엄마가 안 계신다면 무엇을 할 수 있을까?

올레샤 할머니가 자기의 집에 거의 도착했다. 할머니는 천천히, 한 계단 한 계단 문을 향해 계단을 올라갔다. 할머니도 모든 계단마다 질문을 할까? 아니면 나이가 들었기 때문에 나이만큼 답을 잘 알고 계실까?

보리스는 나디아의 일기장을 계속 읽어 내려갔다. 나디아의 마음속에 있던 희망, 두려움, 용기, 웃음, 그리고 진지함을 느낄 수 있었다.

사랑스러운 일기장아, 삶과 죽음의 거리가 얼마나 될까? 오늘 어떤 남자가 내 앞을 걸어갔어. 그런데 갑자기 멈춰 서더니 쓰러져 버렸어. 그 사람에게 달려가서 일으키려고 했어. 그런데 그 사람은 이미 숨을 거둔 뒤였어. 한 사람이 살아서, 걷다가, 생각하고, 보고, 숨 쉬고……. 그리고 갑자기 한순간에! 모든 것이 끝난 거야. 그 사람의 마지막 생각이 어딘가에 남아 있을까?

모든 것이 그렇게 갑자기 끝난다는 것을 상상할 수 없어! 아마 천국에서는 모든 질문에 대한 답이 있겠지. 사람이 죽으면 어떻게 되는지 알게 될 거야.

나는 요즘 자주 죽음에 대해 생각하곤 해. 아빠가 지금 침대에 누워 있어. 이미 며칠 동안이나. 아빠가 저토록 슬프게 바라보지 않는다면, 아빠가 집에 종일 있다는 것이 참 좋을 것 같아.

보리스는 엄마 침대를 바라보았다. 아빠가 죽을 거라는 걸 나디아가 예상했을까? 보리스는 급하게 몇 장을 넘겼다.

사랑하는 일기장, 나는 레닌그라드에 사는 것이 기뻐. 아름다운 궁전과 극장, 공연장, 그리고 벽돌이 운하에 반사되어 비치고, 집들과 공원과 광장, 그리고 황금색 둥근 지붕을 한 교회가 있는 레닌그라드는 러시아에서 가장 아름다운 도시이고 가장 용기 있는 도시란다. 얼마나 더 그럴까?

어제 또다시 심한 폭격이 있었어. 가까운 곳에 폭탄이 떨어졌어. 나는 공포에 질려 이를 부딪치면서 앉아 있었어. "떨리면 떨리는 대로 놔둬."라고 세르요자 오빠가 말했어. 오빠는 용기를 주려고 나를 보고 웃었어. 폐허 더미에 살고 있는 가족에게 용기란 도대체 무슨 의미일까? 무료 급식소의 요리사는 한꺼번에 모든 가족을 잃어버렸단다. 그럼에도 불구하고 그 사람은 오늘 아침, 다시 음식을 나눠 주고 있었어.

다행히 이번엔 아무도 무 수프가 너무 묽다고 말한 사람이 없었어. 비록 위로가 나를 더 슬프게 만들지라도 가끔 나는 그렇게 용기 있는 사람들을 내 두 팔로 안아서 달래 주고 싶어. 어디선가 우리는 세상과 사람들을 도와야겠지. 사랑스러운 일기장, 나중에 의사가 되는 건 어떨까? 나중이 언젠가 온다면…….

복도에서 편지함 뚜껑이 열리는 소리가 들렸다. 보리스는 깜짝 놀라 쳐다보았다. 몇 주째 우편배달이 없었다.

보리스는 자리에서 일어나 살금살금 걸어서 현관으로 갔다. 현관 매트 위에 노란 봉투가 놓여 있었다. 보리스는 놀라서 봉투를 주웠다. 엄마에게 온 것이었다. 왼쪽 위에 검은색 글씨로 '레닌그라드 어린이 위원회'라고 인쇄되어 있었다.

"맙소사!"

보리스는 충격에 휩싸였다. 이게 피난 명령서일까? 내일이나 모레 이걸 신고해야 하나? 지난 며칠간 몹시 추웠다. 호수가 다시 얼어서 트럭이 다시 다닐 수 있게 된 걸까? 그러나 보리스는 가지 않을 것이다. 가고 싶지 않았다. 떨리는 가슴으로 봉투를 바라보았다. 이걸 숨길까? 버릴까?

"보리스, 뭐 하니?"

"저……."

보리스는 무슨 말을 해야 할지 몰랐다.

"이리 오너라!"

보리스는 봉투를 재빨리 주머니에 넣었다. 엄마가 아무것도 알아차리지 못하길 바라면서 천천히 방에 들어갔다.

엄마는 비스듬히 앉아 있었다. 엄마는 충혈된 눈으로 보리스를 바라보았다.

"무슨 일이니?"

보리스는 이내 마음을 접고 주머니에서 편지를 꺼냈다. 엄마에게 무언가를 숨긴다는 것이 의미 없는 것처럼 여겨졌다. 더구나 엄마가 조사하듯이 쳐다보는 경우에는 더 그랬다. 보리스는 편지를 엄마에게 주었다.

"이 편지……."

엄마가 말했다. 엄마는 봉투를 열고 그 안의 녹색 카드에 눈을 돌렸다. 피난을 알리는 카드였을까?

"오, 보리스."

엄마가 말했다. 엄마는 보리스를 기쁘게 쳐다보았다.

"연극 초대장이야!"

"연극이요?"

너무나 믿기지 않아서 보리스는 또 한 번 되물었다.

"연극이라고요?"

엄마는 고개를 끄덕였다.

"성탄절과 새해를 기념하는 뜻에서 레닌그라드 어린이들을 위해 연극을 공연한다는구나."

"언제요?"

보리스는 믿기지 않았다. 그 카드에는 다른 무언가가 더 있을 것 같았다.

"모레. 오후 세 시."

엄마는 카드를 유심히 보았다.

"공연이 저녁 일곱 시까지 계속되는구나. 아마……."

엄마가 머뭇거렸다.

"아마 뭐요?"

"아마도 저녁 식사 대접도 받게 될 것 같구나."

엄마가 조용히 말했다.

"왜요?"

"저녁 일곱 시에 끝나기 때문이지."

보리스는 대답하지 않았다. 저 놀라운 초대를 어떻게 생각해야 할지 잘 몰랐다. 엄마는 베개에 기대어 카드를 다시 들여다보았다.

보리스는 무슨 일이 벌어지고 있는지 분명하게 알 것 같았다. 레닌그라드에 있는 어느 아이도 피난을 원하지 않았다. 연극은 어린이들을 한군데 모으려는 미끼가 아닐까? 연극 공연장에서 아이들이 트럭에 실리지 않을까?

혼란스러운 생각들이 스쳐 갔다. 오래 생각하면 할수록 모든 것이 더욱 분명해졌다. 한 트럭이 스무 명의 아이들을 수송하면 100대의 트럭이 달리고 모두 2,000명이 될 것이다. 공연장의 좌석 수는 2,000개였다.

시간도 정확했다. 왜냐하면 트럭은 밤에 달리기 때문이다.

보리스는 엄마가 자기를 주의 깊게 쳐다보고 있다는 것을 느꼈다.

"재미있을 것 같지 않니?"

"아뇨."

보리스는 솔직하게 말했다.

"그곳에 가고 싶지 않아요."

"네가 갔으면 좋겠구나. 맛있는 저녁을 먹게 될 거야. 다른 아이들과 어울리는 것도 즐거울 텐데?"

보리스는 고개를 흔들었다.

"왜 싫은데?"

보리스는 어깨를 들어 보였다. 엄마를 더 이상 바라볼 용기가 없었다.

엄마는 그것이 호출 카드라는 것을 알고 있을까? 엄마는 내가 울지 않고, 담담하게 떠나길 원하는 걸까? 그런데 왜?

보리스는 안절부절못하며 또다시 무거운 생각에 사로잡혔다. 엄마는 내가 떠나길 원한다. 거기에는 단 한 가지 이유가 있었다. 베라와 이반과 그레고리의 엄마가 그랬던 것처럼 엄마는 자신이 죽을 것이라고 생각하는 것이다. 엄마는 혼자서 죽음을 맞이하길 원하는 걸까? 그래서 일을 어렵게 만들지 않으려고 나를 보내려는 걸까?

"애야, 왜 그러고 있니?"

"가고 싶지 않아요."

보리스가 말했다.

"가야 해."

엄마가 말했다.

"좋은 식사를 하는 것은 매우 중요해!"

"가기 싫어요."

보리스는 고집을 부렸다.

"정말로 가기 싫어요."

"그래도 가야 해!"

엄마가 단호하게 말했다.

보리스는 천천히 나디아의 일기장이 놓인 탁자로 갔다. 나디아가 살아 있었다면 어떤 충고를 해 줬을까? 숨어 버릴까? 그러나 지금은 너무 추워서 어디에 숨을 수가 없었다. 그런데 엄마가 정말 죽는다면, 그리고 혼자 계신다면 무슨 일이 일어날까?

"보리스?"

보리스는 엄마를 바라보았다. 엄마 눈에서 두려움과 근심이 사라지고 모든 것을 이해한다는 듯 미소가 피어났다.

"나디아 때문에 가고 싶지 않은 거구나? 네 마음이 이해되는구나."

엄마는 보리스를 보지 않은 채 나지막이 말했다.

"나디아의 일기를 읽어 줄까?"

보리스는 살짝 고개를 흔들었다. 엄마는 순간적으로 정말로 보리스가 나디아 때문에 공연장에 가지 않는다고 생각하고 있었다.

보리스는 그런 생각을 단 한순간도 하지 않았던 사실이 부끄러웠다. 보리스는 일기장을 들고 엄마에게 갔다. 혼란스러운 상태에서 보리스는 침대의 난간에 앉았다. 엄마가 마지막 페이지까지 읽으실까? 마지막 페이지는 가슴 아프고 슬프지 않을까?

커다란 트럭 한 대가 거리를 요란하게 달리고 있었다. 눈 혹은 쓰레기 그것도 아니면 물을 싣고 있을까? 혹시 그 큰 차일까?

엄마가 부드러운 목소리로 읽기 시작했다.

천천히 땅거미가 방 안으로 기어들어 왔다. 완전히 어두워질 때 까지 땅거미가 방 끝에 닿을 수 있을까? 보리스는 일기를 들으며 나디아의 작고 큰 세상을 함께 경험했다. 나디아의 일기에는 자신 의 아빠, 엄마, 세르요자와 거리 사람들, 레닌그라드, 그리고 전쟁 에 대한 이야기들이 있었다.

보리스는 때때로 목이 메는 걸 느끼며 몇 차례 눈물을 감추느라 애썼다. 나디아가 자신의 생각들을 화려한 장식처럼 쉽게 잊히지 않 는 단어들로 적어 놓은 부분에서는 몇 차례 웃음을 터뜨리기도 했다.

나디아는 표트르의 과장스러운 행동에 대해서 이렇게 적어 놓았다.

"늘 잘난 체하는 표트르는 자기가 한 말이 틀릴 때면 꼬리를 감 추었다."

도시 주변의 진지에 대해서는 이런 표현을 쓰기도 했다.

"레닌그라드는 전쟁으로 더럽혀지지 않기 위해 앞치마를 둘렀 다. 그런데 이 앞치마는 정육점 아저씨의 핏자국 흥건한 앞치마였 다……."

그리고 자신의 일기장에게는 이런 말을 해 놓았다.

"너는 내 자신의 거울이야. 그런데 그 거울에 금이 가 있는 것 같아. 왜 깨지게 된 거지?"

보리스에 대해서는 이렇게 이야기하고 있었다.

"보리스는 많은 것을 이해하고 눈으로 이야기한다……."

한 가지 사실은 분명했다. 나디아는 많은 사람들을 사랑했던 것이다! 나디아는 모든 사람을 용서할 수도 있었다. 용서는 사람들이 일부러 하려고 한다고 해서 쉽게 되는 것이 아니다.

엄마는 계속해서 읽어 나갔다. 가끔 줄 사이에 잉크 자국이 묻어 있었다. 나디아는 거기에 재미있는 그림을 그려 놓곤 했다. 잉크 자국 안에 코끼리와 턱수염이 난 작은 난쟁이 혹은 재미있게 생긴 사람의 얼굴이 그려져 있었다.

땅거미가 방 안쪽으로 더 깊이 들어왔다. 엄마는 마지막 페이지들을 읽고 있었다.

아, 일기장아, 오늘 아빠가 돌아가셨단다. 예상은 하고 있었지만, 너무나 갑작스럽게 모든 일이 일어났단다. 아빠와 세르요자 오빠가 아직 잠을 자고 있었기 때문에(세르요자 오빠는 급성폐렴에 걸려서 많이 아팠어.) 나와 엄마는 오늘 아침에 발끝으로 살금살금 걸어 다녔단다. 그런데 갑자기 아빠가 나를 부르셨어.

"나디아……."

나는 아빠 침대로 갔어. 아빠가 내 손을 잡고 웃으셨어. 아빠 눈은 더 이상 슬프지 않았어. 아빠는 나를 잠시 바라보셨어.

"살아 있다는 것은 즐거운 거야."

아빠가 조용하고 분명하게 말씀하셨어. 갑자기 아빠의 손이 미끄러졌어. 엄마가 아빠 침대로 오셨을 때 아빠는 이미 돌아가신 뒤였어.

일기장아, 아빠는 이 세상에서 가장 좋은 아빠셨어……

엄마는 일기장을 덮었다. 그리고 보리스는 그것이 마지막 페이지라는 것을 알았다. 다음 페이지 중간에는 몇 줄을 끄적거리다 만 것 같았다.

일기장아, 일기장아, 일기장아, 너와 이야기해야만 할 것 같아. 오늘 세르요자 오빠가 일어나질 못했어.

어제 새벽, 우리 둘이 잠을 못 이룰 때 세르요자 오빠가 내게 어디서 음식을 찾을 수 있는지 이야기해 줬어. 일기장, 나는 너와 이야기하길 원해. 그런데 말로는 모든 것들을 표현할 수 없어.

그날은 나디아와 함께 무료 급식소로 걸어갔던 날이었다. 그런 다음 둘은 주인 없는 땅으로 식량을 찾아 떠난 것이다. 나디아는 거기에 대해 일기를 쓸 힘이 더 이상 없었을 것이다. 나디아의 마지막 날에 무슨 일들이 일어났는지 상상하는 것은 어렵지 않았다. 나디아가 탁자에 앉아서 어떻게 글을 썼는지 상상할 수 있었다.

주변이 어두워지기 시작했다. 엄마는 마지막 문장들을 읽기 위해 눈 가까이로 일기장을 바짝 갖다 대었다.

사랑스러운 일기장, 나는 이제 너밖에 없단다. 엄마가 어젯밤에 돌아가셨어. 나는 그 사실을 알아차리지 못했어. 나는 이제 혼자야······.
그리고 모든 것을 너에게 설명하기엔 너무 피곤해······. 밖에는 눈이
내려. 레닌그라드는 이제 찢어진 외투를 입고 싸워야 해. 내가 아는
한 자유는 모든 사람이 행복해진 다음에 오는 것이야······.

사는 것이 좋지만, 죽는 것도 어렵지 않은 것 같아. 죽는 것이 한순
간에 일어날까?

나는 보리스가 살아남았으면 좋겠어······.

이제 밝아지고 있어, 점점 더 밝아져······.

춤추는 눈 사이로 길이 나 있어. 수백만 개의 눈들이 모두 얼굴 모
양을 하고 있어······.

아빠, 엄마, 세르요자 오빠······.

일기장아······ 더 이상 두렵지 않아······.

나는 지금 간절히······.

엄마는 아무 말도 없었다. 방 안에 긴 침묵이 이어졌다.

침대에 누웠을 때 보리스는 배달된 카드를 생각했다. 가야만 할
까? 나디아가 살아 있다면 무슨 말을 했을까? 그러나 나디아는 죽
었다. 그러나 보리스는 나디아가 아직도 자기 가까이에 있는 것처
럼 느껴졌다.

15

"꼭 가야 해!"

엄마가 말했다. 엄마의 목소리는 단호하면서도 급했다. 보리스는 맥없이 찬장 위에 매달린 시계를 바라보았다. 두 시였다. 한 시간 후에 공연이 시작될 예정이었다. 엄마의 뜻을 거스르기에 아직도 15분의 시간이 있었다.

"반드시 가야 해!"

엄마가 말했다.

"좋은 음식을 먹을 수 있는 기회를 놓쳐서는 안 돼!"

"아이들이 음식을 먹는다고 누가 그래요?"

"내 생각이 그래."

엄마가 말했다.

"완야 삼촌이 이미 식사를 준비해 두었을 거야."

"가고 싶지 않아요."

보리스가 고집스럽게 중얼거렸다. 엄마를 바라볼 용기가 없었다. 엄마의 눈에 눈물이라도 고이게 되면 마음이 약해질 것을 이미 알고 있었다.

이번이 벌써 보리스와 엄마가 연극 공연을 가지고 세 번째 다투는 거였다. 보리스는 끝까지 거역할 작정이었다. 공연장으로 가는 것은 엄마와 헤어지는 것을 의미하기 때문이었다. 보리스는 피난을 가고 싶지 않았다. 수많은 슬픔과 공포와 불안이 있다 해도 엄마와 함께 있어야 했다. 그게 바로 최선의 선택이 아닌가? 나디아 역시 일기장에서 그렇게 이야기하고 있었다.

그러나 엄마는 그것을 이해하지 못했다. 엄마는 머나먼 스베르들롭스크에 살고 있는 올가 페트로프나에게 가서 편히 지냈으면 했다. 그러나 보리스는 가지 않을 것이다. 그것으로 이야기는 끝이었다.

깨지기 쉬운 얼음과 얼음 구멍 사이로 그 무서운 괴물이 헤엄치는 라도가 호수 위로 죽음의 운행을 하느니 차라리 굶주림과 폭격, 거리에서 죽어 가는 사람들을 선택할 것이다.

보리스는 무사히 피난 가지 못할 거라는 걸 알고 있었다. 자신이 공포에 질려, 달리는 트럭에서 뛰어내리고 두려움에 소리를 지르면서 얼음 위를 달려 얼음 구멍과 호수 괴물이 있는 곳으로 갈 거라는 것을 알고 있었다. 어둡고 깊은 호수에 천천히 빠져 괴물의 먹잇감이 되는 것보다는 다른 것들이 더 나았다.

엄마는 이해하지 못했다. 어떻게 설명해야 하나?

"이 녀석아. 후회하지 않을 거야."

엄마의 목소리는 애원하는 듯 부드러웠다. 이제 거역해서 엄마를 슬프게 하는 게 무엇보다 어려워졌다.

"그럼 엄마는요?"

"나는 오후 한나절 혼자서 잘 있을 수 있어."

주저하면서 보리스는 엄마를 바라보았다. 엄마는 창백하고 기운 없고 연약해 보였다. 다시 한번 엄마가 자신이 떠나길 원한다고 생각하자 슬픔이 밀려왔다. 그리고 엄마가 혼자 죽음을 맞이하길 원할 것 같다는 느낌도.

"이리 오너라."

더 이상 탈출구가 없었다. 포기한 채 보리스는 침대로 갔다.

"여기 지도가 있어. 이 지도를 잃어버리지 마라. 주머니에 넣어!"

보리스는 지도를 받았다.

"그리고 손전등을 가지고 가! 공연이 끝나면 어두워질 거야!"

보리스는 고개를 끄덕였다.

엄마가 더 이상 거역할 수 없게 보리스를 쳐다보았다. 아무런 생각 없이 보리스는 손전등의 손잡이를 이리저리 만지작거렸다. 작은 불빛이 바닥에 어른거렸다.

갈까? 아니면 가는 척만 할까?

공연이 끝나고 다시 집으로 돌아갈 때까지 공연장 밖에서 기다리는 방법도 있었다.

보리스는 털모자를 썼다. 주머니 속에서 아버지의 권총이 느껴졌다. 보리스는 천천히 침대로 갔다. 보리스는 엄마를 쳐다볼 용기가 아직 없었다. 보리스는 엄마에게 입을 맞췄다.

"다녀올게요, 엄마!"

"그래, 애야. 분명히 즐겁게 보낼 수 있을 거야."

스베르들롭스크에 있는 올가 페트로프나 집에서 즐겁게 보낼 거라는 말일까? 영원히 헤어지는 건가? 보리스는 눈물을 흘리지 않으려고 하는 엄마 모습을 차마 볼 수 없었다. 이것이 영원한 이별이라면 보리스는 엄마의 얼굴을 제대로 봐 두어야 할 것이다. 하지만 바라보고 싶지도 않았고, 바라볼 용기도 없었다. 보리스는 천천히 방을 나갔다.

나디아가 레닌그라드의 하늘을 보았다면 하늘이 세수를 하지 않았다고 말했을 거라고 보리스는 생각했다. 눈 더미 사이의 좁은 길을 따라 보리스는 공연장으로 느릿느릿 걸어갔다.

차가운 바람이 네바 강을 지나 시내로 불어닥쳤다. 멀리 네바 강 가운데 있는 섬에는 성 베드로 교회와 성 바울 성당이 보였다. 눈 덮인 지붕 위에 탑이 우뚝 솟아 있었다. 그곳에 과거 러시아의 차르와 왕비가 묻혀 있었다. 멋진 대리석 안에 영원히 누워 있는 것이다. 표트르 대제, 엘리자베스, 예카테리나 대제, 바울과 알렉산더 왕이 누워 있다. 나디아가 어디에 묻혀 있는지는 영원히 알 수 없을 것이다. 집단 매장지를 생각하자 슬퍼졌다. 집단 매장지는 새로운 도시 지구 뒤에 임시로 만든 묘지였다.

보리스는 길모퉁이를 돌고 좁은 거리를 지나서 광장을 건넜다.

그리고 도심으로 가는 운하를 따라서 천천히 걸었다.

공연장에 갈까? 아니면 일곱 시까지 서성거리다가 그냥 집으로 갈까?

하늘 위로 떠도는 구름처럼 모든 생각들이 천천히 보리스를 스쳐 갔다.

도시의 건물들에 새겨진 과거의 흔적이 보리스를 바라보고 있었다. 표트르 대제가 늪지에 레닌그라드를 세울 때도 이 길을 걸었을까? 표트르 대제는 수만 명의 노예와 굶주린 사람들 그리고 전쟁 포로에게 필요한 경우 맨손으로라도 땅을 파게 하면서 기초공사를 진행했다. 그의 엄청난 부는 아직도 많은 곳에서 확인할 수 있었다.

그러나 그것들을 만들기 위해 얼마나 많은 사람들이 고통스럽게 일해야만 했을까! 왕궁 한가운데 거지들은 눈 위에서 하루 몇 코페이카*를 위해 무거운 짐을 날랐고 사람들에게서 연민을 불러일으키기 위해 옷을 벗기도 했다. 여기에 수천 명의 엄마들이 먹을 것이 없어서 아이들을 길에 내버려야만 했다. 그리고 여기서 한 귀족 소녀가 분신을 한 적도 있었다. 그 여자아이는 분신을 함으로써 세상은 너무나 정의롭지 못하다는 것을 세상에 알렸다.

마침내 레닌그라드에서 모든 불평등을 없애려고 대혁명이 일어났다. 그러나 더 나은 세상이 탄생했는가?

＊**코페이카** 러시아의 가장 낮은 화폐 단위.

나디아와 나디아의 일기장이 생각났다.

"자유는 모든 사람들이 행복할 때에야 온다."

그래서 레닌그라드의 20만 명의 붉은 군대 군인들과 함대의 병사들은 자유를 위해 싸우려고 자원했던 것일까? 그럼 보리스와 나디아를 구해 준 독일 군인들은 누구인가?

엄마를 생각했다. 엄마가 살아 있을 확률이 얼마나 될까?

엄마를 위해 모든 것을 할 것이다. 그러나 스베르들롭스크로는 가지 않을 것이다. 보리스는 눈 내린 레닌그라드를 천천히 걸어갔다. 춥고 배가 고팠다!

보리스는 건너편에 서서 공연장을 바라보았다. 물밀듯이 공연장 안으로 들어가는 아이들이 보였다. 몇몇 아이들은 엄마들이 데려다주었다. 그렇지만 대부분의 아이들은 혼자서 왔다. 친절하게 생긴 아주머니가 어깨에 완장을 차고 아이들이 안으로 들어갈 수 있게 도와주었다. 고아원 원생들이 줄을 맞춰 걸어왔다. 고아원 선생님들은 걱정 많은 목동처럼 자신의 양들을 한데로 모으는 데 어려움을 겪고 있었다.

고아원 원생들 가운데서 여자아이들과 손을 잡고 걷고 있는 이반이 보였다. 보리스는 이반에게 고아원 생활이 어떤지 묻고 싶었지만, 물어볼 용기가 없었다.

이 아이들이 모두 피난을 가게 되는 걸까? 이 아이들이 괴물이 헤엄치는 라도가 호수 위로 차를 타고 갈까? 보리스는 이반이 물에 빠져 죽지 않기를 간절히 바랐다.

얼마 후 보리스는 의아한 생각이 들었다. 아이들은 웃으면서 사뭇 흥분한 채로 공연장에 들어갔다. 보리스는 엄마들이 자식들과 헤어지는 모습을 유심히 지켜보았다. 멀리서 지켜볼 때 아이들과 영원한 이별을 하는 것 같지 않았다.

저 아이들이 공연이 끝나고 집으로 다시 돌아갈 수 있을까? 한 번 시도해 볼까?

보리스는 입구 바로 앞에 서 있었다. 왜 공연장에서 무 수프 냄새가 나는 걸까?

눈을 치우던 할머니 한 분이 빗자루에 기대 쉬면서, 보리스를 보고 웃으면서 고개를 끄덕였다.

"왜 들어가지 않니?"

보리스는 뭐라고 대답해야 할지 몰라 주저했다. 어깨에 완장을 찬 아주머니가 보리스를 향해 다가왔다.

"초대장 가지고 있니?"

"여기서 우리가 저녁을 먹게 되나요?"

보리스가 조용히 물었다.

"너 초대장 있어?"

보리스는 잠시 동안 머뭇거렸다. 마지막으로 보리스는 맛있는 음식을 먹는 것과 피난을 가게 되는 것을 저울질해 보았다. 그리고 마침내 초대장을 꺼내어 보여 주었다.

"어서 들어와. 이 어리석은 녀석아!"

들어가라고 가볍게 미는 손길이 등에 느껴졌다.

보리스는 공연장 안 중앙에 앉게 되었다. 큰 조명 몇 개가 켜져 있었다. 어떻게 이게 가능한지 알 수 없었다. 보리스 옆에는 공연에 오려고 자기가 가지고 있는 가장 아름다운 드레스를 입은 여자아이가 앉아 있었다. 빨갛고 얇은 옷이었다.

보리스는 그렇게까지 입고 올 필요는 없었다고 생각했다. 그 드레스를 입고 있는 여자아이는 너무 추워 보였다. 모든 아이들이 외투를 입고 있었다. 보리스는 아무도 여자아이의 드레스에 관심을 갖지 않아 안타까웠다. 그러나 여자아이에게 그 말을 건넬 용기가 없었다.

다른 편에는 이반의 털모자와 똑같은 모자를 쓴 남자아이가 앉아서 우울하고 굳은 얼굴로 앞을 바라보고 있었다. 그 아이는 함께 즐겁게 얘기를 나눌 수 있는 상대가 아니었다. 보리스는 이반을 찾을 수 있을까 하고 주위를 둘러보았다. 그러나 모자를 쓴 아이들이 너무 많았다.

이 아이들이 모두 저녁을 먹게 될까? 그러나 아직 아무런 냄새도 맡을 수 없었다. 보리스 뒤편에는 두 명의 여자아이가 앉아서 키득거렸다. 보리스가 뒤돌아보았는데, 그중 금발에 갈색 눈동자를 가진 여자아이가 손을 뻗어 앞에 앉은 남자아이의 모자를 잽싸게 잡아채는 것이었다.

"이리 줘!"

남자아이가 높이뛰기 하듯 일어났다. 그 남자아이의 빡빡 깎은 머리에는 두꺼운 딱지가 앉아 있었다. 그 남자아이가 그렇게 화내는 것은 당연한 일이었다. 여자아이들은 키득거렸다. 완장을 찬 아주머니가 급히 다가와서 그 남자아이를 끌어냈다. 그 아주머니는 남자아이를 모자도 쓰게 하지 않은 채 공연장 밖으로 끌어냈다. 저 아이는 이제 음식을 받지 못할까?

보리스는 그 여자아이들을 바라보았다. 그 아이들은 다시 키득거리면서 앉아 있었다. 보리스는 그 바보 같은 계집애들을 향해 침이라도 뱉어 주고 싶었다.

그러나 그때 불이 꺼졌다. 천천히 커튼이 열렸다. 무대 위에는 혁명이 일어나기 전에 쓰던 웅장한 탁자가 놓여 있었다. 무대배경에는 종이로 만든 꽃이 창턱에 놓여 있었다. 창문 뒤쪽에는 햇빛이 비치는 파란 하늘이 보였다.

그러나 이 아름답고 햇빛 빛나는 배경이 있는 방에 연극배우들이 두꺼운 외투를 입고 걸어 다녔다. 무대 위도 추울 것이라고 보리스는 생각했다. 연극배우들이 여름 복장으로 무대에 설 수는 없을 것 같았다. 그런 것을 감안해도 그 두꺼운 외투를 보고 있으려니 연극이 실제처럼 느껴지지 않았고 집중해서 볼 수 없었다.

보리스 옆에 앉아 있는 여자아이가 엄지손가락을 빨고 있었다. 보리스 앞에 앉아 있던 남자아이는 형에게 귓속말로 속삭였다.

"조금 이따가 음식을 먹게 될까?"

무대 위에서 남녀 연극배우들이 최선을 다하고 있었다. 공연장을 가득 메운 어린아이들이 바라보고 있었다. 그러나 대부분의 아이들은 그 배우들이 어린이들을 위해 왜 그토록 많은 수고를 하는지 이해하지 못했다.

　레닌그라드에서 지금 일어나고 있는 일들을 생각하면 연극에 등장하는 불쌍한 하인은 전혀 불쌍해 보이지 않았다. 완고한 삼촌에게 반항하는 여자아이는 폭탄과 수류탄이 떨어지는 가운데도 독일군의 길을 가로막기 위해 무거운 얼음을 쌓던 아주머니들과 어린이들에 비교하면 전혀 힘들어 보이지 않았다. 그리고 그 여자아이가 연극 무대에서 외투를 입고 아프다고 한들 수천 명이 굶주려 죽어 가는 현실을 생각할 때 뭐가 그리 중요하겠는가?

　보리스는 연극을 보려고 애를 썼다. 그러나 생각은 자꾸 다른 곳으로 가고 있었다.

　엄마와 아이들을 구하려고 하는 완야 삼촌, 비록 이틀밖에 더 살지 못했지만 나디아를 안전한 장소로 데려가기 위해 애를 썼던 독일군 지휘관이 생각났다. 나디아! 지금 나디아가 보리스 옆에 앉아 있었다면 틀림없이 두꺼운 외투를 입고 있는 연극배우들에 대한 우스갯소리라도 한마디 했을 것이다. 그렇다면 최소한 웃을 일이라도 있었을 텐데.

　무대 위에서는 연극이 계속 진행되고 있었다. 그러나 보리스는 딴생각에 빠져 있었다. 보리스는 전쟁과 독일군과 용감하게 싸우는 게릴라들과 피난을 생각했다. 전쟁이 일어나기 전, 먹지 않고 남겼던 음식들을 생각했다. 그리고 갑자기 엉뚱하게도 모래주머니를 보호막 삼아 제독 건물에 서 있는 표트르 대제 동상을 생각했다. 지금 표트르 대제가 살아 있다면 이 아름다운 레닌그라드가 파괴되어 가는 것을 보고 분노했을 것이다.

보리스는 이따금 다른 아이들을 바라보았다. 공연장 안에 긴장
감이 느껴졌다. 그 긴장은 연극에서 나오는 것이 아니었고 배우들
의 연기에서 나오는 것도 아니었다. 공연장 안에 있는 모든 아이들
에게는 희망과 의문, 그리고 긴장이 질문 하나에 압축되어 있었다.

'연극이 끝난 후 저녁을 먹게 될까?'

16

연극이 끝나고 커튼이 내려졌지만 아이들은 박수치는 것을 잊고 있었다. 연극배우들은 최선을 다했지만, 아이들은 배고픔과 음식을 향한 강렬한 소망을 떨쳐 버릴 수 없었다.

공연장 안에 거의 모든 아이들이 공연이 끝남과 동시에 일어났다. 아이들은 기대에 차서 주위를 두리번거렸다. 무언가를 얻게 될까?

"앉아 있어요!"

"잠시 앉아 있어요!"

완장을 찬 아주머니들이 외쳤다. 그러나 아무도 그 말을 듣지 않았다. 몇몇 남자아이들은 몸을 따뜻하게 하려고 제자리에서 뛰기도 했다. 다른 아이들은 발을 덥히기 위해 부츠를 신고 바닥을 치면서 뛰었다.

보리스는 사람들 사이에 완야 삼촌을 발견했다. 완야 삼촌은 공연장 뒤편에 서 있었고, 즐겁게 웃는 아이들에게 무언가 이야기하고 있었다.

"완야 삼촌, 완야 삼촌!"

보리스가 큰 소리로 외쳤다.

"앉아 있어!"

"너희들 차례를 기다려."

완장을 찬 아주머니들이 바쁘게 왔다 갔다 했다. 첫 번째 줄에 앉은 아이들이 밖으로 나갔다.

"이제 음식을 먹게 되나요?"

한 여자아이가 물었다.

"앉아 있어! 자기 자리에 앉아 있어!"

오래 걸렸지만 마침내 보리스가 앉은 줄이 나갈 차례가 되었다. 아이들은 순한 양처럼 완장을 찬 아주머니의 뒤쪽으로 걸어갔다.

모두가 무언가를 기대하고 있었다. 무 수프? 빵 한 조각? 혹은 작은 과자?

아이들은 공연장을 빠져나와 커다란 휴게실로 들어갔다. 갑자기 아이들 사이에서 기쁨의 탄성이 터져 나왔다. 식탁 위에 식사가 준비되어 있었던 것이다. 초도 타오르고 있었다. 식탁 위에는 무 수프 그릇과 접시가 있었고, 옆에는 긴 나이프와 포크 그리고 수저가 놓여 있었다. 웅성거리는 소리가 아이들이 늘어선 줄에서 흘러 나왔다.

"음식이다! 우리가 음식을 먹게 되었어!"

아이들은 앞쪽으로 나아갔다.

"조금씩 앞으로 가! 질서 있게 앞으로 가!"

보리스는 잠깐 서 있었다. 식사가 준비된 탁자와 초는 아름다웠다. 아이들은 모두 흥분했지만 내색하지는 않았다. 아이들은 눈을 반짝이며 식탁으로 다가갔다.

보리스는 해진 모피 외투 아래로 빨간색 드레스를 입은 여자아이와 자기보다 나이를 더 먹은 듯한 남자아이 사이에 자리를 잡고 앉았다.

주위에서 소리를 낮춰서 말하는 목소리가 들렸다.

"뭘 먹게 될까?"

"분명히 무 수프일 거야."

"무 수프?"

"아니지. 그래도 오늘이 크리스마스인데."

건너편 식탁에서는 이미 식사를 하고 있었다. 모든 아이들이 고개를 빼서 그 아이들이 무엇을 받는지 쳐다보았다.

아주머니들이 김이 모락모락 나는 커다란 냄비를 가지고 왔다. 그러고는 국자로 무 수프를 푸기 시작했다. 역시 무 수프였다. 하지만 그냥 무 수프가 아니었다. 아주 질 좋은 무 수프였다! 무 수프에는 건더기가 떠다녔다. 심지어 고기도 있었다.

얼마나 많이 받게 될까? 보리스 옆에 앉은 남자아이는 운이 없었다. 그 아이가 받은 무 수프는 접시 가장자리까지만 차 있었다. 그러나 보리스는 국자 가득 무 수프를 받았다.

보리스 옆에 앉은 남자아이가 아쉬운 듯이 보리스의 무 수프를 쳐다보았다. 그 아이는 마치 무 수프를 보호라도 하듯 팔로 그릇을 감싼 채 재빨리 먹기 시작했다.

식탁 건너편에서는 두 명의 여자아이가 성호를 긋고 있었다. 무 수프의 상태가 좋았기 때문에 성호를 그을 만했다. 보리스는 그릇에 가득 찬 무 수프를 보며 감사했다. 자비로우신 하느님이 들을지는 의문이었다. 하느님도 전쟁 때문에 생각이 많을 것이라고 보리스는 생각했다.

보리스는 맛을 최대한 즐기면서 천천히 무 수프를 먹기 시작했다. 무 수프는 정말 맛있었다! 아주 따뜻했고 국물도 기름졌다.

세 번째 수저를 들면서 보리스는 엄마를 생각했다. 엄마가 아무것도 먹지 못하는 것이 안타까웠다. 반드시 가야만 한다고 한 엄마의 말이 옳았다. 피난이나 운송에 대한 말은 한 마디도 하지 않았다.

아무것도 아닌 일에 괜한 걱정을 했나? 쓸데없이 엄마가 혼자서 돌아가시길 원한다고 생각한 것일까? 엄마는 아마도 절대 죽지 않을 것이다.

전혀 일어나지 않을 일들로 고민했다고 생각하는 순간 해방되는 느낌이었다. 호수 괴물도 제대로 알지 못하고 그 공포의 지느러미로 위협했던 것일까?

보리스는 지난 시간 동안 느꼈던 것보다 더 상기되어서 자신의 그릇에 고개를 숙이고 숟가락으로 무 수프를 먹었다.

"먹을 게 또 있어!"

보리스 옆에 앉았던 남자아이가 아주머니들이 텅 빈 무 수프 그릇을 거둬 갈 때 외쳤다.

"정말 그럴 것 같아."

보리스가 대답했다.

식탁에 앉은 모든 아이들이 조용히 무 수프를 먹었다. 이제는 즐겁게 이야기도 하게 되었다. 그 따뜻한 무 수프가 유대감과 우정을 일깨워 준 것이다.

보리스는 옆에 앉은 남자아이에게 주인 없는 땅에 다녀왔다고 이야기할까 하고 망설였다. 그러나 그 남자아이가 먼저 이야기를 꺼냈다.

"우리 형이 게릴라 부대에서 싸웠어."

"너네 형은 힘이 무척 세겠구나!"

보리스가 놀라 물었다.

게릴라에 대한 이야기는 많이 들었다. 게릴라군은 소규모로 독일군 진지 사이의 숲 속에 숨어 있다가 비밀리에 은신처에서 나와 도로를 파괴하고 다리를 폭파시키고 독일군 보급 창고에 불을 지르고 전투를 벌였다.

"사자처럼 강하고 아무도 무서워하지 않아."

남자아이가 자랑스럽게 말했다.

"나도 나중에 게릴라에 합류할 거야."

"우리가 크면 전쟁은 아마 끝날 거야."

보리스가 말했다.

"안 그랬으면 좋겠어."

그 아이가 보리스를 향해 몸을 숙였다.

"나중에 나는 형과 함께……."

그 아이가 나중에 형과 무엇을 하길 원하는지 보리스는 전혀 알 수 없었다.

사람들이 빵을 나누어 주었기 때문이다. 아이들은 샌드위치 두 개를 받았다. 고기와 감자가 담긴 큰 접시도 받았다.

식탁이 갑자기 죽은 듯이 조용해졌다. 아이들은 놀랍고 감탄하는 눈으로 접시에 받은 고기와 감자를 쳐다보았다. 그러나 곧이어 눈을 돌려 조용히 서로의 접시를 비교해 보았다.

보리스는 멀리서 울리는 대포 소리를 들었다. 충격도 심했다. 또 공격을 받는 것일까?

"어서 먹어라! 다른 아이들이 기다린단다!"

완장을 찬 아주머니가 보리스의 어깨를 툭 쳤다. 보리스는 급히 몸을 접시에 숙였다.

고기를 썰려고 하다가 보리스는 고기와 샌드위치를 엄마를 위해 아껴 두는 것이 좋겠다고 생각했다. 보리스는 냅킨을 펼쳐서 무릎에 놓았다. 보리스는 보는 사람이 없는지 조심스럽게 주위를 둘러보았다. 보리스는 고기를 잡았다.

보리스는 빠른 동작으로 고기를 냅킨 위에 놓고, 샌드위치를 그 위에 놓았다. 누가 보았을까? 건너편에 앉아 있던 여자아이가 보리스를 감시하듯 쳐다보았다.

보리스의 얼굴이 붉어졌다. 보리스는 서둘러 냅킨을 접어서 아무에게도 보이지 않게 외투 주머니 속, 아빠의 권총 위에 넣었다.

보리스는 재빨리 식탁 건너편에 앉아 있는 여자아이를 쳐다보았다.

다행히도 그 여자아이는 보리스를 보지 않았다. 그 여자아이 역시 식탁 아래에서 손을 꿈틀거렸다. 반쯤 먹었던 고기가 그 여자아이 접시에서 사라졌다.

보리스는 급히 감자를 찍어서 먹기 시작했다. 엄마에게 줄 고기와 샌드위치를 가지고 있다는 것이 무척이나 기분 좋았다. 그것을 먹고 나면 엄마는 기운을 차리게 될 것이다. 엄마가 살아만 있다면, 그리고 다시 건강해지고 기운을 차린다면 스베르들롭스크로 갈 필요는 없을 것이다.

아직도 그 지독하게 생긴 호수 괴물이 무서운 지느러미로 헤엄을 치고 있긴 하지만, 그래도 한 번은 기적을 바라도 되지 않을까?

17

아이들이 식사를 마쳤을 때 완야 삼촌이 연설을 했다.

"전쟁이 일어나서 끔찍한 일들이 일어나고 있습니다. 레닌그라드는 지금 500일 동안 독일군에게 포위되어 있습니다. 그러나 우리는 버티고 있고, 앞으로도 계속 버틸 것입니다. 그러기 위해서는 군인, 도시에 사는 남녀 모두, 그리고 모든 어린이들의 용기가 필요합니다. 우리는 자유와 러시아 그리고 세계를 위해 싸우고 있습니다. 무슨 일이 일어나도 용기를 잃지 말아야 합니다. 절대로! 그렇다면 독일군이 비록 1,000일을 더 포위한다고 하더라도 이 도시를 점령하지 못할 것입니다!"

삼촌의 연설이 끝난 후 아주머니들은 아이들을 밖으로 데려갔다. 아무도 고맙다는 인사를 하는 아이가 없었기에 보리스는 아주머니 중 한 명에게 좋은 오후를 보내게 해 줘서 고맙다고 말했다.

밖에는 엄마 몇 명이 추위 속에서 눈을 맞으며 서 있었다. 대부분의 아이들은 혼자서 집으로 돌아갔다. 나중에 게릴라가 되길 원하는 아이와 보리스는 잠시 함께 걸었다. 주위는 이미 어두워져 있었고 얼음이 얼 정도로 추웠다. 걸을 때마다 자박자박 눈 밟는 소리가 났다. 그 남자아이가 오른쪽 방향으로 가야 할 때 보리스에게 물었다.

"조금 더 같이 갈래?"

"아니."

보리스가 말했다. 보리스는 빵과 고기를 가지고 빨리 돌아가고 싶었다.

"이런 이런, 너무 어두워."

그 남자아이의 목소리가 애원하는 듯했고 조금 겁에 질린 것 같았다.

"아니야, 그렇지 않아."

그 남자아이가 성 니콜라스 교회 방향으로 사라졌을 때 보리스는 미래의 체릴라군이 어둠 속에서 겁을 먹는다는 것을 알았다! 두려움은 어느 곳에서든지 활개치고 있었다.

안개 낀 거리에서 얼음처럼 차가운 북풍이 불었다. 대포 소리가 멀리서 쉬지 않고 들렸다. 치열한 전투 중인가? 들리는 것으로 봐서는 틀림없이 야전 전투가 한창 진행 중이었다.

네프스키 거리에는 굉장히 많은 사람들이 나와 있었다. 그러나 중심가에서 멀어지자 차츰 조용해지고 어두워지면서 거리와 광장이 더 비밀스러워졌다. 보리스는 씩씩하게 앞으로 나가면서 손전등을 쥐고 눈 더미 사이에 난 작은 통로로 불빛을 비추었다. 가끔씩 보리스는 주머니 속에 빵과 고기가 잘 있는지 확인해 보곤 했다.

눈 덮인 옛 궁전이 보리스를 내려다보았다. 그 궁전들은 춥고 얼음이 어는 밤에도 화려했던 과거를 꿈꾸고 있을 것이다. 고전적인 건물 겉면은 과거만 새길 뿐, 현재와 미래에 대해선 더 이상 관심없는 것처럼 보였다.

보리스는 추위에 떨면서 유스포프 왕자가 살았던 옛 궁을 바라보았다. 그 궁은 라스푸틴이 살해되었던 곳이기도 했다. 건물은 마지막 차르가 러시아를 아직 통치하던 1916년 12월의 밤에 있었던 살해 사건의 비밀을 감추고 있었다.

보리스는 주머니 속에 있는 권총을 꽉 쥐어 보았다. 그곳에 호수 괴물이 헤엄을 치는 것 같았기 때문이었다. 마치 그 공포의 지느러미로 주위 건물의 벽면을 따라서 다시 등장하는 과거의 부귀영화를 내려치기라도 하듯이 돌아다니고 있었다.

여기저기에 폭격을 받은 집들이 안개 낀 밤에 유령처럼 서 있었다. 이 집들은 하얀 레닌그라드의 찢어진 상처와 같았다. 몇몇 장소에서는 어두운 그림자가 눈에 섞여 움직이고 있었다. 보리스는 억지로 좋은 일을 생각하려고 노력했다. 조금 이따가 집에 고기를 가지고 갈 것이다. 엄마는 빵과 고기를 먹으며, 옛날 일을 이야기해 줄 것이다.

그러나 건물 벽들이 수군거리고 있는 것 같았다. 표트르 대제가 쓰레기 앞에서 노여워한다든가, 100년 전 전투에서 사망한 위대한 시인 푸시킨이 동상에서 나와 운하를 따라 걸으며 알맞은 시어를 찾는다고 말하는 것 같았다.

보리스는 권총을 꽉 잡았다. 호수 괴물이 지느러미로 공격했다. 거리 구석구석에 위험이 도사리고 있었다. 누가 고기와 빵을 내놓으라고 할까? 배고픔에 지친 사람은 어떤 일도 저지를 수 있지 않을까?

보리스는 서둘러 걸었다. 아직도 30분은 더 걸어야 했다.

집들, 폐허, 공격 준비가 된 총이 있는 초소, 내리는 눈 속에서 나타난 어두운 그림자, 도시 외곽에서 들리는 대포 소리……. 멀지 않은 곳에서 큰 폭탄과 수류탄이 터졌다.

그러나 보리스는 이런 것들 때문에 겁먹지는 않았다. 폭발 소리는 매일 100번, 200번, 300번도 들었다. 도시를 둘러싸고 있는 75만 명의 독일군도 보리스를 겁먹게 하지 못했다. 독일군들 23,000개의 대포와 폭격기, 1,500대의 탱크와 수백 대의 비행기로 총격을 가하는 것을 예상할 수 있었다. 아니다. 이런 것들은 보리스를 겁먹게 하는 전쟁의 위협이 아니었다.

보리스가 두려운 건 작은 고기 때문이었다. 파괴된 집들이 무서운 눈초리로 보리스를 쳐다보는 것 같았고, 주머니 속에 있는 작은 음식 뭉치가 굶주린 모든 사람들을 유혹하는 신비한 빛을 내뿜고 있는 것 같았다.

반쯤 공사가 끝난 진지, 탈선한 후 아직 철거되지 않은 채 눈 위에 누워 있는 전차, 폐쇄된 거리, 폐허 더미 사이에 놓여 있는 폭탄이 폭발할지 모른다는 경고문, 타 버린 집들, 눈 덮인 트럭의 잔해,

전선으로 향하는 탱크 부대…….

고기! 음식 뭉치가 잘 있는지 확인하기 위해 보리스는 주머니에 자꾸 손을 넣었다. 그런 다음에 아버지의 권총을 다시 잡았다. 권총을 쥐자 힘이 나는 것 같았다. 그러나 잠시 후 또다시 두려움이 찾아왔다. 도시 여기저기에 위험이 깔린 것 같았다. 저기 멀리 벽에 기대고 있는 사람이 혹시 날 붙잡진 않을까? 저기 폐허 더미 뒤편에 움직이는 게 무엇일까? 누군가가 음식을 뺏을 기회를 노리는 것은 아닐까?

호수 괴물은 안개 낀 거리를 어슬렁거렸다. 지느러미를 내려치면서 그 공포의 괴물은 점점 가까이 다가왔다.

보리스는 총을 꺼냈다. 그리고 손전등으로 총을 비추며 모든 사람에게 자신이 총을 가지고 있다는 것을 확인할 수 있게 했다. 보리스는 그렇게 계속 걸었다. 두려움을 갖는다는 것이 나쁜 일은 아니었다.

보리스는 용기 있던 아버지, 나디아, 그리고 자신을 구해 주었던 독일군, 심지어 게릴라가 되길 원했던 아이까지 생각했다. 그 생각들도 두려움을 이겨 내는 데는 소용없었다. 점점 호수 괴물이 가까이 헤엄쳐 와서, 마치 보리스의 목을 조르는 것 같았다. 금방이라도 공격을 받을 것 같았다. 누군가 보리스 뒤에서 공격할 준비를 끝내고 어슬렁거리는 것 같았다.

몇 블록을 더 갔을 때 경보가 요란하게 울렸다. 대포 소리가 더 크게 들렸다. 러시아군도 공격을 하는지 강한 진동이 느껴졌다. 앞쪽으로 전진 배치된 군인들은 독일군 보병의 관심을 끌길 원했다. 그 군인들은 레닌그라드를 구하기 위해 현재 수비 선에서 폭탄과 수류탄을 받아 낼 준비가 되어 있었다.

등화관제*, 부서진 건물 앞면, 눈 위로 썰매를 끌고 있는 아주머니. 그 아주머니가 무엇을 내다 버렸을까? 철조망 장애물…….

뒤에서 발자국 소리가 들렸다! 보리스는 깜짝 놀라면서 누가 자기를 쫓아온다는 것을 알았다.

"하늘에 계신 하느님, 아무도 내 고기에 얼씬도 못하게 해 주세요!"

보리스는 커지는 두려움 속에 기도를 했다.

발자국 소리가 계속 들렸다! 무거운 발자국 소리였다! 기어코 일이 벌어지는 걸까? 보리스 역시 빠른 걸음으로 걸었다.

발자국들이 보리스를 따라오고 있었다. 보리스는 자기의 생명이 달린 듯 손전등을 꽉 잡고 권총을 불빛에 가져다 댔다. 보리스는 뒤돌아볼 용기가 없었다.

"얘야!"

보리스는 계속 걸을까 생각했다. 그러나 계속 긴장하고 있느라 너무 피곤한 상태였다. 두려움을 가진 채 가는 것보다 그 위협에 맞서는 것이 나을 것 같았다. 보리스는 멈춰 섰다. 그 발자국이 가까이 다가왔다. 천천히 보리스는 몸을 돌렸다. 아주 잠깐 동안 보

***등화관제** 적의 야간 공습에 대비하여 일정한 지역에서 등불을 모두 가리거나 끄게 하는 일을 말한다.

리스는 독일군 정찰대 지휘관이 서 있다고 생각했다. 그러나 그 사람은 붉은 군대의 대위였다. 키가 크고 어깨가 넓고 회색 털모자를 쓴 사람이 눈 속에 서 있었다.

"얘야, 스몰니로 가려면 어떻게 가야 하니?"

보리스는 깊은 안도의 숨을 쉬었다. 호수 괴물이 부서진 건물 벽면을 따라 빠져나갔다.

"스몰니요?"

보리스는 잠시 마음을 진정시켜야 했다.

"부대 본부 말이야."

대위가 자세히 말했다. 대위의 숨이 하얗게 뿜어 나와 안개에 섞였다. 질문이 이상했다. 모든 레닌그라드 사람들이 부대 본부가 어디 있는지 알고 있었다. 보리스는 주위를 둘러보았다. 가끔 지금 있는 곳이 어디인지 알기 어려울 정도로 너무 많은 곳들이 형체를 알아볼 수 없게 되어 버렸다.

"이쪽으로 리고프스키 거리까지 곧장 가셔야 해요. 그다음에 왼쪽으로 타우리드 궁 방향으로 가신 다음에 스포로프 박물관에서 오른쪽으로 가면 그곳에 도착하실 거예요."

대위는 미소를 지으며 보리스를 내려다보았다.

"거리 이름을 잘 모르겠구나. 이곳에 온 지 며칠 안 되거든."

"아저씨는 게릴라예요?"

게릴라들은 자주 독일군 공격선을 뚫었다고 했다. 그리고 그들은 숲 속의 비밀 통로를 따라서 독일군 보급 창고에서 나오는 먹을 것과 의약품들을 도시로 가져왔다.

대위는 고개를 흔들었다.

"나는 호수를 건너왔어!"

대위는 다른 곳에서 온 것 같았다. 아마 전쟁이 없고, 폐허도 없고 재가 되어 버린 마을도 없고, 완전히 폭격을 받은 도시도, 폭격도 없는, 아주 멀리 있는 스베르들롭스크 같은 곳에서. 혹시 이 대위는 전쟁이 앞으로 얼마나 계속될지 알까? 스몰니에 있는 부대 본부에 가야 하는 이 대위는 틀림없이 중요한 사람일 것이다.

"저하고 함께 가시면 제가 길을 직접 알려 드릴게요. 저도 그쪽 방향으로 가요."

"그래!"

대위가 말했다. 그러고는 보리스가 아직도 손에 들고 있는 권총을 가리켰다.

"왜 권총을 들고 걷고 있니?"

"에…… 그냥이요."

보리스가 말했다. 보리스는 권총을 재빨리 주머니 안으로 밀어 넣었다.

"그럼 우리 가 볼까, 어린 친구?"

보리스는 고개를 끄덕였다. 이제 보리스는 안전하다. 붉은 군대의 대위와 함께 가면 아무 일도 일어나지 않을 것이다. 잠시 보리스는 몸을 돌렸다. 보리스 뒤에 보이는 거리는 어둡고 인적이 끊겼다. 호수 괴물도 사라진 상태였다.

"전쟁이 계속될까요?"

오랫동안 망설이다가 보리스가 마침내 질문을 했다. 어려운 질문이었는지 대위가 잠시 걸음을 멈추었다. 대위는 고개를 흔들고 마치 질문에 대한 대답이 어딘가에 숨겨진 것처럼 주위를 돌아보았다.

"나도 모르겠구나, 얘야."

"군인들이 우리를 해방시키러 오나요?"

대위는 침묵했다. 보리스는 더 이상 두렵지 않았다. 그래서 거침없이 말했다.

"저는 피난 가고 싶지 않아요. 아시겠어요?"

대위가 미소를 지었다. 그리고 대위는 또다시 독일 지휘관처럼 말했다.

"아마 피난이 좋을지도 몰라, 어린 친구. 포위는 한참 더 계속될 거야."

"왜요?"

매일 기적이 일어날 수도 있지 않을까?

"레닌그라드에서만 전투가 일어나고 있는 것은 아니야. 할 일이 너무 많아."

보리스도 그것을 알고 있다. 보리스는 자주 모스크바와 스탈린그라드에서 일어나는 전투, 그리고 우크라이나와 백러시아, 스몰렌스크에서 벌어지는 게릴라전에 대하여 들었다. 모든 사람들이 전쟁을 위해 일했다. 공장의 근로자, 군인, 공군, 배들도. 그러나 누가 평화를 위해 일을 하는가? 전쟁은 얼마나 더, 그리고 왜 계속되어야 하는가? 아무도 그 답을 알지 못했다.

보리스와 대위는 사거리에 도착했다.

"저는 여기서 오른쪽으로 가야 해요. 아저씨는 여기서 곧장 가셔야 해요. 조금 더 가시면 초소가 있어요. 그 사람들이 스몰니로 가는 가장 빠른 길을 알려 줄 거예요."

"고맙다."

대위가 말했다. 갑자기 대위는 보리스 앞에 몸을 숙였다.

"무슨 일이 일어날지는 아무도 몰라. 그러나 대포들이 조용해질 날이 언젠가 올 거야. 그렇게 되면 레닌그라드의 돌 하나하나로 집을 한 채 한 채 다시 세울 거야. 그때를 생각해, 어린 친구. 그런 생각을 하면 참을 수 있을 거야. 항상 그 목표를 기억하렴."

멀리서 독일군의 대포 소리가 아직도 쿵쾅거리고 있었다. 네바 강 기슭에 연이어 폭탄, 수류탄이 땅이 울릴 정도로 쏟아지고 있었다. 파괴는 계속되었다. 돌 하나하나, 집 한 채 한 채, 사람 한 명 한 명씩.

이미 딱딱하게 굳어 버린 고기 위에 손을 얹고 보리스는 집으로 가는 마지막 구간을 걸었다. 엄마를 위해 고기를 데울 정도의 충분한 나무가 아마 집에 있을 것이다.

18

"왔니?"

"예."

보리스가 외쳤다. 보리스는 장갑을 복도 탁자에 놓고 안으로 들어갔다. 방은 춥고 어두웠다. 보리스는 손전등으로 침대를 비추었다. 엄마가 갑작스러운 불빛에 눈을 깜박였다.

"늦었구나."

"스몰니로 가는 길을 묻는 대위에게 길을 알려 주느라고요."

엄마가 몸을 세워 앉으며 머리카락을 뒤로 쓸어 넘겼다.

"음식은 먹었니?"

"예, 아주 맛있었어요."

"무엇을 먹었는데?"

"무 수프, 빵…… 그리고 감자 두 개."

보리스가 말했다. 고기는 말하고 싶지 않았다. 고기는 깜짝 놀라게 해 줄 것으로 남겨 두어야 했다.

"그리고 연극은? 좋았니?"

보리스는 잠시 생각했다. 연극에 대해서는 잘 기억이 안 났다. 강인한 소녀, 완고한 삼촌, 불쌍한 하인, 이들은 다른 세계 사람들이었고 아무것도 아닌 일로 모두 호들갑을 떨었다.

"별로 생각나는 게 없어요!"

그럼에도 보리스는 공연장을 가득 메운 아이들, 외투를 입고, 모자를 쓰고, 공연 시간 내내 음식만을 생각했던 아이들을 절대 잊지 않을 거라고 생각했다. 돌아오는 길에 과거의 그림자가 살아나는 것과 호수 괴물이 거리를 헤엄쳐 다니던 것은 앞으로도 계속 마음에 남아 있을 것이다. 어쨌든 보리스는 고기와 빵을 안전하게 집으로 가져왔다. 보리스는 잠시 뒤의 일을 생각하며 기대에 부풀었다.

"엄마 잠깐 뒤돌아 계세요."

"왜?"

엄마는 어린아이처럼 놀라서 쳐다보았다.

"제가 엄마를 위해 놀라운 것을 가지고 왔어요."

"뭔데?"

엄마 눈이 놀라움에서 궁금함으로 변했다.

"뒤돌아 보세요!"

보리스가 재촉했다.

그러나 엄마는 주저했다. 엄마는 그 놀랄 만한 것이 무엇인지 벌써 알고 있는 것 같았다. 그래서 보리스가 준비한 음식을 거부하려는 것 같았다.

엄마가 배고프지 않다는 말을 하지 않으면 좋겠다고 보리스는 생각했다. 모든 사람이 배가 고팠다. 빵 배급량은 하루 125그램이었다. 오직 힘든 일을 하는 사람만 두 배를 받았다. 그러나 그 사람들도 공장 기계 뒤에서 쓰러지곤 했다.

엄마는 보리스를 위해 배가 고프지 않다고 말을 해서는 안 되었다. 잠깐 동안 보리스와 엄마는 서로를 쳐다보았다. 마치 엄마가 주머니에 있는 고기를 본 것처럼 보리스를 꿰뚫어 보는 것 같았다.

그때 엄마가 미소를 지었다.

"그래, 궁금한데!"

미소를 지으며 엄마는 뒤로 몸을 돌렸다.

보리스는 방구석에 있는 작은 비상용 난로 쪽으로 걸어갔다. 그리고 오래된 신문지를 공처럼 접어서 구긴 다음, 마지막 나무를 바구니에서 꺼냈다. 보리스는 성냥불을 켠 뒤 찬장에서 작은 프라이팬을 꺼냈다. 프라이팬은 몇 달간 사용하지 않아서 먼지가 쌓여 있었다. 손전등으로 불을 비추면서 보리스는 신문지 조각으로 프라이팬을 깨끗이 닦았다. 나무 조각들이 탁탁 소리를 내기 시작했다.

보리스는 멋진 발레리나가 난로에서 춤을 추는 듯한 불길에 차가워진 손을 가져다 댔다. 그리고 팬을 불 위에 올려놓았다.

종이 냅킨이 고기에 얼어붙어 있었다. 그래서 전체 뭉치를 팬에 올려놓았다. 뭉치가 녹으면 종이와 빵을 떼어 내면 될 것이다. 보리스는 접시를 준비하고 칼과 포크를 꺼냈다. 그리고 엄마의 잔에 양동이의 물을 채웠다. 양동이에는 얼음이 얼어 있었기 때문에 쉽지 않은 일이었다.

밖에서는 대포 소리가 우르릉거렸다. 밖에는 파괴된 도시가 있었다. 밖에는 레닌그라드가 자유를 위해 끝까지 싸우고 있었다. 이 싸움은 이미 500일 동안이나 계속되었다.

그러나 보리스는 방 밖 세상을 완전히 잊었다. 엄마를 위해 불 위에 고기를 데웠다. 보리스는 빵을 딱딱하게 만들지 않고 고기를 태우지 않기 위해 조심했다.

고기는 그리 작지 않았다. 보리스에게 있어 이 고기는 엄마를 치료할 수 있는, 그리고 엄마를 다시 기운을 차리게 할 수 있는, 그래서 보리스가 피난을 가지 않아도 될 기적의 알약과 같았다. 팬 위의 고기가 지글거리기 시작했다. 맛있는 냄새가 방 안을 가득 채웠다. 보리스는 행복했다.

모든 것이 준비되었다. 손전등을 비춰 보리스는 침대 옆 탁자를 정리하고 물컵을 그 위에 놓았다. 엄마는 아직도 벽을 바라보고 있었다. 엄마는 움직이지 않았다.

엄마는 물론 소리를 들었고 냄새도 맡았을 것이다. 그러나 한마디 말도 하지 않았다.

고기를 접시 위에 놓았다. 잠깐 손가락으로 만져 보니 고기는 적당히 데워진 것 같았다. 천천히 보리스는 부엌에서 침대로 갔다. 이 거리는 보리스가 자신의 인생에서 걸었던 거리 중 가장 행복한 몇 미터였다. 엄마가 음식을 먹은 후에는 모든 것이 달라질 것이다. 살기도 좋아질 것이다. 지금은 파티를 여는 거니까 촛불을 켤까? 보리스는 촛불을 켰다. 대포 소리가 점점 커지는 동안 보리스는 파티가 열린 곳을 바라보았다. 타는 촛불, 빵과 작은 고기가 있는 접시를 바라보았다.

"엄마!"

보리스의 목소리가 승리의 함성처럼 울렸다.

"엄마, 이제 몸을 돌리세요!"

엄마가 바로 앉으며 눈치채지 못할 만큼 빨리 담요로 얼굴을 닦았다. 펄럭거리는 촛불 때문에 보리스는 담요가 눈물로 젖어 버린 것을 미처 보지 못했다. 엄마는 몸을 돌리고 바라보았다.

잠시 정적이 감돌았다! 울면 안 되는 순간들이 있다. 엄마는 입술을 깨물었다. 엄마의 손이 담요를 걷어 냈다. 엄마는 무슨 말을 하고 싶었다. 그러나 할 수 없었다. 엄마는 자신이 보고 있는 것을 믿을 수 없다는 듯이 눈을 깜박였다.

"엄마를 위해서 준비했어요!"

"녀석아, 애야 어떻게……."

엄마가 말했다. 그리고 또다시 말했다.

"애야 어떻게……."

"음식이 식겠어요!"

보리스가 말했다. 보리스는 엄마를 향해 끄덕였다. 보리스는 엄마가 자신이 먹지 않고 가져온 이 음식을 안 먹으려고 할 것 같았다. 그러나 엄마는 현명했다. 엄마는 인생에서 거부할 수 없는 선물이 있다는 것을 알고 있었다.

"녀석아, 이렇게 깜짝 놀랄 만큼 큰 선물을……."

엄마가 눈물을 흘리면서 말했다.

"그냥 기뻐서 눈물을 흘리는 거야!"

엄마는 눈물을 흘리면서 웃었다.

엄마가 이 접시를 받았다는 사실은 귀중한 의식과 같았다. 엄마는 고기를 썰어 조금씩 먹기 시작했다. 보리스는 엄마가 음식을 잘 삼키지 못해서 천천히 먹는 거라고 생각했다. 그러나 엄마는 보리스가 준비한 음식이 매우 맛있게 느껴졌고 또 천천히 맛을 음미하며 기억하고 싶었다.

19

그날 밤은 어두웠고 대포 소리가 별까지 가득 차올랐다. 그러나 그날 밤은 호수 괴물이 보리스의 꿈에 나타나지 않았다. 오랜 시간 이야기를 나눈 뒤 엄마는 깊고 편안하게 잠들었다. 대포 소리 사이로 엄마의 숨소리가 들렸다.

보리스는 잠을 잘 수 없었다. 기적을 바라면서 누워 있었다. 집에 온 순간부터 모든 것이 달라질 것이라는 느낌이 들었다. 작은 고기 한 조각이 기적의 약은 아니다. 그러나 무엇인가가 일어날 것이다! 아마 이미 일어났는지도 모른다.

보리스는 자신이 달라졌다고 생각했다. 공연이 끝나고 두려움과 슬픔을 직접 마주하면서, 잿더미가 되어 버린 거리를 빠져나왔다. 엄마에게 음식을 가져왔을 때 보리스는 산다는 것이 기분 좋은 일이라는 생각이 들었다. 보리스는 갑자기 나디아 아버지가 했던 말이 무슨 뜻인지 알 것 같았다.

나디아! 나디아가 계속 생각났다. 나디아가 죽고 없지만 보리스는 나디아가 남긴 중요한 무엇을 간직하고 있었다. 아버지의 일부가 영원히 자신에게 머물듯이, 보리스는 아버지의 눈빛과 미소, 그리고 아버지가 했던 말들을 영원히 잊지 못할 것이다.

파괴된 레닌그라드가 왜 쉽게 무너지지 않는지 분명해졌다.

건물이 부서지고 사람들이 죽어 가도 무언가는 항상 계속 전해지고 남는 것이다. 기계 뒤에서 일을 하다 쓰러지는 노동자나 주인 없는 땅에서 독일군의 기관총이 발사되는 가운데 나무를 꺾어 썰매에 싣고 도시로 가져오는 아주머니들의 무언가는 계속 남아 있다.

그 아주머니들은 난로의 온기만을 가져오는 것이 아니었다. 아주머니들은 그들의 용기로 모든 이의 가슴에 온기를 가져왔다. 보리스는 이제야 왜 나디아가 용기가 있는 모든 사람들을 껴안아 주고 싶어 했었는지를 이해할 수 있었다.

눈을 감고 담요 아래에 누워 있는 동안 수많은 혼란스러운 생각들이 보리스의 머리를 스쳐 지나갔다. 그렇지만 이 한 가지는 혼란스럽지 않았다. 혼란, 공포, 슬픔이 멀리 달아났다. 남아 있는 것은 아이들도 이해할 수 있는 단순한 것들이었다. 오늘 밤에 보리스는 더 이상 왜라고 묻지 않았다. 보리스는 조금씩 답을 깨달으며 자라가고 있었다.

보리스는 엄마와 오랜 시간 이야기를 나누었다. 전에는 감히 생각도 못했던 일이 일어났다. 보리스는 오늘 처음으로 공포를 주는 호수 괴물과 얼어붙은 호수를 달리는 트럭, 그리고 나디아에 대하여 엄마한테 말했다. 엄마에게 피난을 가지 않겠다고 말하는 것도 더 이상 어렵지 않았다. 불평하는 애가 아니라 자신의 행동에 책임을 지는 사나이로서 엄마에게 이야기했다.

"저는 레닌그라드에서 엄마와 있을 거예요."

엄마는 깊이 생각하는 듯하더니 곧 말했다.

"좋아, 보리스. 내일 완야 삼촌에게 이야기해야겠다."

보리스와 엄마는 함께 있을 것이다. 그것은 좋은 일이었다. 전쟁 중에 사람들은 서로를 필요로 한다. 서로를 돕고 믿어야만 이 고통들을 견뎌 낼 수 있다.

도시 외곽 전방에는 지옥이 활개쳤다. 대포와 폭격기, 기관총, 그리고 곡사포들이 미친 듯이 발사되었다. 격렬한 전투가 벌어지고 있었다.

보리스는 독일군 지휘관을 생각했다. 그 지휘관도 지금 기관총을 이고 눈 위에서 자신의 생명을 걸고 싸우고 있을까? 모든 러시아 군인과 독일 군인이 동시에 무기를 버린다면 우정을 맺을 수 있을까? 그것이 전쟁보다 훨씬 더 쉽지 않을까?

자신이 변했다고 보리스는 다시금 생각했다. 이제 더 이상 증오심을 갖지 않게 되었고 평화를 생각할 수 있었다. 일주일 전만 해도 보리스는 레닌그라드의 모든 사람들처럼 독일군을 증오했었다. 증오는 눈물을 삼키는 데 도움을 주었고 폭격, 화재, 눈 위에 버려진 죽음 등을 목격할 때마다 의지가 되었다. 그 독일 놈들을 혼내 버리겠어! 그들은 죽어야 해, 모두 다! 증오가 폭격 상황을 이겨 내도록 도와주었다.

그러나 증오를 가지고 집을 지을 수 있을까? 주인 없는 땅에서 독일군 지휘관을 만나면서 보리스는 좋은 독일 사람도 있다는 것을 알게 되었다. 독일군 지휘관은 친구였다. 그 사람은 나디아를 구해 주었다. 비록 나디아가 이틀밖에 더 살지 못했지만, 그래도 그 인생의 마지막 이틀 동안 나디아는 영원히 사라지지 않을 글을 일기장에 남겼다…….

전쟁에서 증오를 잃어버린 것이 기적일까? 아니면 집들이 다 무너져 가도, 레닌그라드가 아직 존재하고 있다는 사실이 기적일까?

"우리는 도시를 다시 건설할 거야."

거리에서 만난 대위는 그렇게 말했었다.

"돌 하나하나씩."

무너진 도시를 보고 있노라면 그것은 불가능해 보였다. 그래도 도시가 다시 일어날 것을 믿는다면 그것은 기적이었다.

살아 있다는 것은 즐거운 거야! 보리스는 이제 나디아의 아버지가 남긴 마지막 유언이 무슨 뜻인지 아주 정확히 이해되었다.

어떤 중요한 일이 있어났고, 보리스는 변했다. 눈 속에서 그 큰 독일군 군화를 본 순간부터 보리스 안에서 뭔가가 변하기 시작했다. 보리스는 이제야 그 변화를 깨달았을 뿐이다. 적군이 친구로 밝혀진 것이다. 보리스는 그 독일군 지휘관을 살아 있는 동안 잊지 않을 것이다.

맙소사, 대포가 폭풍처럼 발사되고 있었다! 도시 남쪽에서는 격렬한 전투가 벌어지고 있다. 수천 개의 폭탄과 수류탄이 지금 세상을 철저히 파괴하고 있다. 이 전쟁을 피할 수는 없는 것일까? 사람들이 행동이나 대화로 세상에 벌어지는 이런 일들을 막을 수는 없을까? 때로는 그런 것들이 삶을 빛나게 할 것이다.

보리스는 전선에 있는 독일군과 러시아군들을 생각했다.

"하느님, 우리에게 자비를 베풀어 주소서!"

보리스는 조용히 기도했다. 하느님께서 양쪽 모두에게 자비를 베푸실 것이다.

그날 밤은 어둡고 하늘까지 전쟁의 폭력으로 가득 찼다. 그럼에도 보리스는 마침내 잠이 들었다. 보리스는 다시 꿈을 꾸었다.

하지만 이번에는 좋은 꿈이었다.

레닌그라드에 살고 있는 아주머니들이 천사처럼 인내심을 가지고 사다리 위에서 돌을 하나씩 하나씩 쌓으면서 구멍들을 메우고 있었다. 아주머니들은 돌 하나하나로 상처와 눈물을 감추고 있었다.

대포들은 조용했다.

아이들은 폐허 더미에서 돌을 하나하나 찾았다. 아직 쓸 만한 것들을 아이들이 사다리로 날랐다. 돌 하나하나가 모여 벽이 쌓였다.

수백만 개의 눈송이가 하늘에서 바람과 음악을 타고 춤을 추며 아래로 내려오고 있었다. 그 눈송이가 레닌그라드를 위해 하얀 새 외투를 가져왔다. 무너진 도시는 돌 하나하나로 다시 세워졌다.

세상이 밝아졌다. 보리스는 모든 눈송이에 얼굴이 있다는 걸 알게 되었다. 거기에 아버지 얼굴도 있었다. 늘 그랬듯이 아버지는 보리스를 향해 용기를 주듯이 고개를 끄덕였다.

거기에는 나디아도 있었다. 나디아는 담 위에서 이리저리 춤을 췄고 모든 사람을 안아 주려고 하는 것 같았다. 광장에는 모래주머니가 하나씩 없어지고 아니치코프 다리 위에 말 동상과 푸시킨 동상이 나타났다. 심지어 표트르 대제도 만족스럽게 레닌그라드를 내려다보았다.

천천히 그러나 분명하게 담이 쌓였다. 아주 잠깐씩 호수 괴물이 헤엄쳐 오는 것 같았다. 괴물이 커다란 머리로 벽을 쓰러뜨리려 했다. 그러나 사다리 위에 있는 아주머니들은 웃고 있었고 도시에 내리는 눈송이는 북풍을 타고 신나게 춤을 추면서 내려오고 있었다. 눈송이가 레닌그라드에 하얀색 외투를 선물해 주고 있었다. 담들은 굳건히 서 있었고 그 지독한 괴물은 헤엄쳐 도망갔다. 영원히!

새벽에 레닌그라드가 전쟁의 폭력에 다시 한 번 떨렸다. 얼음처럼 차가운 방에서 찬장의 칼과 포크가 떨리는 소리가 들렸다. 그러나 보리스의 얼굴에서는 미소가 흘러나왔다.

20

보리스는 커다란 문소리에 잠을 깼다. 쿵쿵거리는 발자국 소리가 들렸다. 완야 삼촌이 방에 성큼 들어왔다. 긴장되는 순간이었다. 삼촌이 서둘러서 온 것을 보면 무슨 일이 일어난 것이 틀림없었다. 그러나 삼촌은 기쁜 듯 웃고 있었다. 삼촌의 웃음은 네바 강처럼 넓어 보였다.

"우리 러시아 군대가 오늘 새벽 독일군의 공격선을 끊어 버렸단다."

삼촌이 자랑스레 외쳤다.

"우리 군대가 이제 철도를 확실히 빼앗았다. 오늘 밤에 러시아의 다른 지역과 철도를 연결할 수 있게 되었어. 식량을 실은 첫 번째 열차가 이미 오고 있단다!"

완야 삼촌이 엄마를 얼싸안았다. 삼촌은 모든 어려움이 해결된 것처럼 엄마에게 입을 맞추었다. 그러고는 춤을 추면서 보리스를 침대에서 들어 올려 크고 강한 팔로 안았다.

"이리 와라, 보리스. 우리 시내로 가자."

삼촌이 우렁차고 기쁜 목소리로 외쳤다.

"첫 번째 기차가 아이들과 레닌그라드를 위해 구호 식품을 싣고 올 거야."

보리스는 엄마를 바라보았다.

엄마는 침대에 반듯이 앉아 있었다. 이 소식이 엄마에게 힘을 준 것 같았다. 엄마의 얼굴에서 생기가 돌았고 더 젊어 보였다. 엄마가 옛 모습을 되찾은 것 같았다. 엄마의 커다란 갈색 눈에서 기쁨의 광채가 나오고 있었다.

"오, 완야! 완야!"

엄마가 소리쳤다.

보리스는 깊은 숨을 내쉬었다. 무거운 짐이 보리스의 어깨에서 미끄러져 갔다.

'그래, 지난밤에 기적이 일어났던 거야.'

그날은 보리스가 영원히 잊을 수 없는 날이 되었다. 완야 삼촌과 도시를 걷는 동안 보리스는 파괴되어 가던 레닌그라드는 결코 죽지 않을 것이라는 걸 알게 되었다. 도시는 새로운 힘을 일으키는 기적의 약을 먹은 것 같았다.

패배를 보복이라도 하듯 독일군들은 쉬지 않고 화염 폭탄을 도시에 쏘아 댔다. 거리에서는 아주머니들이 석면 장갑을 끼고 그 폭탄들을 주워서 물이나 눈이 가득 찬 양동이에 담았다.

언제나 그랬던 것처럼 여기저기에서 사람들이 폐허 더미를 모으고 파괴된 거리의 질서를 유지하느라 바쁘게 움직였다. 여느 때처럼 거리 위 여기저기에는 자유를 위해 죽은 사람들이 누워 있었다.

새로운 용기가 도시를 흔들었다. 용기는 사람들의 얼굴에서 나타났고, 사람들의 상기된 목소리도 거리에서 메아리쳤다.

"해방의 시작이야!"

"이제 식량이 도착할 거야!"

"그리고 새로운 군대도!"

"우리는 이제 더 이상 혼자가 아니야!"

화염 폭탄이 거리에 떨어졌다. 그러나 희망과 믿음, 그리고 용기가 새로워진 힘으로 자라났고 춥고 눈 내린 날을 따뜻하게 해 주었다.

레닌그라드 사람들의 환호 속에 첫 번째 기차가 도착했다. 오후에는 구호 식품 배급이 이루어졌다. 완야 삼촌 덕택에 보리스는 빨리 차례가 되었다. 도장 찍힌 식량 카드와 소중한 구호 식품이 보리스의 손에 있었다. 우유와 고기, 통조림, 그리고 커다란 초콜릿이었다.

기분이 최고였다! 무엇을 먼저 먹어 볼까? 집에 가서 엄마와 함께 먹을 때까지 잘 보관할까?

보리스는 다시 레닌그라드 거리를 걸었다. 보리스는 나디아를 생각했다. 일주일 전에 철도를 되찾았더라면 구호 식품이 나디아를 구할 수 있었을지도 모른다. 그랬다면 나디아는 영화배우가 되어 사람들을 웃게 만들 수도 있었을 것이다.

나디아를 생각하자 보리스는 조금 우울해졌다. 천천히 구호 식품을 가지고 파괴된 도시의 건물을 따라서 걸었다. 식량을 실은 기차가 사람들에게 너무 늦게 온 것일까?

갑자기 더 이상 앞으로 갈 수가 없었다. 보리스는 놀라서 주변을 바라보았다. 많은 사람들이 눈 위에 난 보행자 통로에 서 있었다. 사람들이 사방에서 몰려왔다. 벽돌을 쌓던 아주머니들은 일을 멈추고 사다리를 내려왔다. 이상한 긴장감이 북풍을 따라 거리로 밀려왔다. 무슨 일일까? 거리의 건너편에도 사람들 줄이 빽빽해졌다. 그 사람들이 어디서 그렇게 빨리 왔는지 알 수 없었다.

멀리서 군인들이 행진해 왔다. 저 군인들이 철도를 탈환했을까? 사람들이 군인들의 용기에 환호하려는 것일까?

보리스는 서둘러 앞쪽 자리를 찾았다. 보리스 뒤로 계속해서 사람들이 모여들었다.

"독일군이다! 독일군이다!"

갑자기 죽음 같은 침묵이 흘렀다. 천천히 군인들을 실은 트럭이 지나갔다. 짐칸에는 붉은 군대 군인들이 기관총과 권총을 겨누고 서 있었다. 그 뒤에는 독일군 포로들이 네 줄로 걸어가고 있었다.

아무도 입을 떼지 않았다. 단지 행진하는 발자국 소리만 얼어붙은 눈 위에서 소리를 냈다.

보리스는 주위 사람들을 둘러보았다. 감정을 억누른 굳은 표정들이었다. 건너편에 있는 사람의 눈에는 분노와 증오가 가득 차 있었다. 그것을 본 보리스는 깜짝 놀랐다. 어떤 할머니는 안도하면서 성호를 그었다. 어떤 사람은 입술을 깨물며 들리지 않게 저주를 퍼붓고 있었다.

독일군이었다! 죽음처럼 조용했다. 저기에 이 레닌그라드의 심장까지 다치게 한 사람들이 오고 있었다. 독일군이 네 줄로 행진하면서 지나갔다. 몇몇 군인들은 아직 헬멧을 쓰고 있었다. 다른 군인들은 귀마개가 있는 녹색 모자를 쓰고 장갑이 없어서 손을 외투 소매 안으로 집어넣고 있었다. 몇 명은 부상을 당하여 동료에게 기댄 채 멍한 얼굴로 다리를 질질 끌면서 걷고 있었다.

독일군이었다! 숨막히는 침묵 속에 사람들이 끝없이 몰려왔다. 그 침묵은 폐허 더미, 가족들에게 남긴 공허, 미망인과 고아들, 그리고 아내를 잃은 남자들, 그리고 아직 묻히지 못한 채 눈 위에 누워 있는 사람들에게서 나왔다.

독일군이었다! 저기에 그들이 수치심을 안고 걸어가고 있었다. 보리스는 떨렸다. 많은 군인들이 자긍심에 상처 받고, 패배한 채 무심하고 험상궂은 얼굴을 하고 지나가고 있기 때문이었다. 가끔씩 불안해하면서 올려 보기도 했으나 곧 시선을 떨궜다. 보리스 주위에는 상처 받은 레닌그라드의 침묵이 흘렀다. 그러나 폐허로 변한 도시의 외침도, 죽어 가는 아이들의 비명도, 증오와 복수의 저주도 이 오싹한 침묵보다 더 깊고 더 치욕스럽게 상처 주지는 못했다.

독일군이었다! 보리스는 그들을 몇 달 동안 미워했다. 그러나 이제 그 독일군들은 다리를 질질 끌면서 걷고 있고, 면도도 하지 못하고, 거의 탈진한 채 절망감으로 가득 차서, 자신들의 패배와

잘못에 고개 숙인 채 지나가고 있었다.

그 모습을 본 보리스는 숨이 탁 막히는 기분이었다. 이 퇴진 행렬은 너무 야만적이었다. 보리스는 이 승리의 순간에 수치감으로 눈물을 흘릴 뻔했다. 어디에 승리의 기쁨이 있는 걸까? 보리스는 아버지를 생각하고 그다음에 많은 사람들을 사랑한 나디아를 생각했다. 갑자기 독일군 지휘관도 떠올랐다. 그 지휘관도 용기와 투쟁심을 모두 잃어버린 저 불쌍한 사람들 사이에서 걷고 있을까?

깜짝 놀라서 보리스는 독일군의 얼굴을 쳐다보았다. 갑자기 어린 독일 군인의 얼굴이 앞에 나타났다. 그 군인의 머리에는 붕대가 감겨 있었고 금빛 머리는 북풍에 나부꼈다.

그러나 보리스에게 충격을 준 것은 그 붕대 아래 군인의 눈이었다. 보리스는 그 눈 안에서 고통과 절망, 그리고 슬픔을 보았다. 그 어린 군인은 자신의 팔을 다른 두 독일 군인의 어깨에 올린 채 걷고 있었다. 다른 군인들은 그 어린 군인이 얼어붙은 거리 위를 침묵 속에 걷도록 도와주었다.

어린 보리스에게 이 모든 광경은 감당하기 어려웠다. 보리스는 자기 뒤쪽에 있는 시민들에게서 증오와 냉소를 느꼈다. 보리스 주위에는 도시의 파괴된 집들이 서 있었다.

그러나 보리스는 갑자기 이 순간에 무엇인가 갚아야 할 빚이 있다고 느꼈다. 지금이 바로 사람들에게 러시아 사람 중에 좋은 사람도 있다는 것을 보여 줘야 할 순간이었다.

보리스에게는 많은 용기가 필요했다. 보도에서 뛰어내려 그 부상당한 독일 군인에게 달려갈 때, 보리스는 길가에 서 있는 수많은 사람들의 시선을 무시했다.

보리스는 주머니에서 초콜릿을 꺼내어 그 병사의 슬픈 눈 앞에 내놓았다. 그 순간 그 독일 병사의 눈이 빛났다. 포획된 동물처럼 부상당하고 겁에 질린 그 병사는 갑자기 사람이 된 것 같았다. 그 어린 병사는 보리스를 바라보았다. 그리고 미소로 고마움을 표했다.

병사는 지나갔다. 그러나 보리스는 그 눈빛을 결코 잊을 수 없을 것이다. 감사의 마음으로 보리스는 독일 병사들을 쳐다보았다. 믿기지 않겠지만 사실이었다. 초콜릿 한 조각이 마비된 채 걸어가던 독일 군인들의 발걸음에 활기를 주었다.

천천히 보리스는 자기 자리로 돌아왔다. 보리스는 수백 개의 눈들이 분노에 가득 차서 자신을 쳐다보고 있다는 것을 느꼈다. 사방에서 비난하는 목소리가 들렸기 때문에 위를 올려다볼 수 없었다.

"꼬마야, 네가 그러고도 러시아 사람이야?"

"저 나쁜 놈들에게, 너 어떻게 그럴 수 있어……."

그때 보리스는 어깨에 따뜻한 손길을 느꼈다. 그 짧은 침묵의 순간 속에 한 아주머니의 목소리가 모든 사람에게 또렷하게 울렸다.

"잘했다, 애야."

보리스는 몸을 돌렸다.

한 나이 든 아주머니가 보리스를 바라보고 있었다. 그 아주머니는 얼굴에 주름이 가득했고, 검은 두건으로 얼굴이 반쯤 가려져 있었다. 그러나 아주머니의 작은 눈은 맑았다.

"잘했다!"

그 아주머니는 주위를 둘러싸고 있는 사람들 쪽으로 몸을 돌렸다.

"증오를 가지고 살아간다면 자유가 도대체 우리에게 무슨 의미가 있을까요?"

그 순간 대부분의 사람들이 고개를 끄덕였다. 왜냐하면 고통을 많이 겪어 본 사람은 그만큼 용서도 많이 해 줄 수 있기 때문이다.

2차 세계대전의 희생자들이 안장된 레닌그라드의 페스카료프스 코예 공동묘지에는 얇은 눈이 덮여 있었다. 거의 70만 명에 가까운 아버지, 어머니, 그리고 아이들이 900일간 지속된 포위 기간 동안 전쟁의 폭력에 목숨을 거두었다.

1965년 겨울이었다. 기온은 영하 16도였고 얼음처럼 차가운 북 풍이 눈 덮인 무덤 위에 불고 있었다. 그러나 보리스는 추위를 느 끼지 못하는 것 같았다.

"하느님에게 혹은 나 자신에게 혹은 사람들에게 혹은 세상에 화 가 날 때 나는 항상 이곳을 찾지."

보리스가 수줍게 말했다. 왜냐하면 남자는 이러한 고백을 대부 분 마음속에 감추기 때문이다.

무덤 위 높이 기념탑이 솟아 있고, 그 앞에는 꺼지지 않는 불이 타오르고 있었다. 아마도 이 불은 죽은 사람들이 자신들을 방문한 살아 있는 사람들을 따뜻하게 맞아 주는 것 같았다.

보리스는 검은 돌에 새겨진 문장들을 가리켰다.

여기 레닌그라드 시민들이 누워 있습니다.

여기 도시 시민들, 남자, 여자, 그리고 어린이들이 누워 있습니다.

그들 옆에는 붉은 군대 군인들이 쉬고 있습니다.

그들은 자기 목숨을 걸고 당신과 사랑하는 레닌그라드를 지켰습니다…….

화강암으로 둘러싸인 그들의 존경스러운 이름을 일일이 열거하기에는 그 수가 너무 많습니다.

여기 돌 위에 서 있는 방문자 여러분, 아무도, 그리고 아무것도 잊히지 않았다는 것을 기억하시기 바랍니다.

잠시 죽음과 같은 침묵이 흘렀다. 보리스는 살을 에는 추위에 몸을 외투 속에 깊게 파묻었다.

"나는 전쟁을 잘 이겨 냈지요."

보리스가 조용히 말했다.

"포위 기간 동안 5,000개의 고성능 폭탄과 10만 개의 화염 폭탄이 투하되었어요. 그리고 도시 전체가 약 15만 회 정도 폭격을 받았어요. 500만 제곱미터의 주거지역이 초토화되거나 파괴되었답니다. 그 어떤 집도 안전하지 않았어요……."

보리스가 부끄럽다는 듯이 미소 지었다.

"그래요, 나는 전쟁을 잘 견디었어요. 하지만 가끔 평화와 자유 속에 사는 게 어렵답니다. 나디아가 일기장에 쓴 '모든 사람이 행복할 때 자유가 시작된다.'라는 글이 옳았어요."

보리스의 시선이 나디아가 어디 누워 있는지 찾는 것처럼 페스카료프스코예 공동묘지의 경사진 언덕 아래쪽으로 향했다.

"그 작은 나디아는 결국 영화배우가 되었어요."

보리스가 말했다.

보리스는 영원히 꺼지지 않는 불을 향해 끄덕였다.

전쟁이 끝난 후 만들어진 기록 영화 『포위된 레닌그라드』는 나디아의 초상화와 일기장에 쓰인 몇 줄의 글로 시작되었다. 나디아는 자신이 원했던 대로 사람들을 웃게 하지는 못했다. 그러나 나디아는 사람들 마음속에 깊은 감동을 주었다. 그 감동은 영화배우들에게서 받는 것 이상이었다!

보리스는 긴장을 풀면서 웃었다. 매우 행복해 보였다.

"전쟁이 끝난 후 나는 내 인생을 수많은 것에 빼앗겼어요. 나는 반항적이었고, 방향을 잃어버렸어요. 공장에서 일을 하면서 공부를 했지만 내 인생의 답을 더 이상 찾을 수 없었어요. 나는 한 아이가 얼마나 현명해질 수 있는가 연구하기에는 너무 나이가 들어 버렸지요. 나디아는 사람들을 사랑했어요. 그것이 나디아의 대답이었고 정답이었지요……."

보리스는 멀리 수 세기 동안 하늘을 가리키고 있는 레닌그라드 교회의 첨탑들을 바라보았다.

"나는 결국 작가가 되었어요."

보리스가 말했다.

"나이가 들어감에 따라 나디아와 내가 어린아이로서 어렴풋이 알았던 답의 일부에 한 발짝 한 발짝 가깝게 다가갔어요. 나는 결혼을 했고 하느님 덕분에 전쟁을 전혀 알지 못하는 두 아이들이 있어요."

보리스는 마지막으로 묘지를 가리켰다.

"여기에 그것을 가능하게 만든 사람들이 누워 있어요."

그날은 얼음처럼 추웠다. 하지만 페스카라프스코예 공동묘지로 가는 길은 나를 따뜻하게 해 주었다. 보리스가 나를 데리고 간 것에 나는 기뻐했다.

얍 터르 하르

용기 있는 소년 보리스

유동익

작품이 탄생하게 된 배경

이 책은 역사적 사실을 바탕으로 구성된 소설이다. 이 책의 작가인 얍 터르 하르는 뛰어난 아동문학가인 동시에 역사에 관하여 잘 알고 있는 역사 소설가였다. 그는 1959년 북미사를 시작으로 1965년 러시아사에 이르기까지 여섯 편에 이르는 역사 관련 소설을 썼다. 얍이 썼던 북미사와 러시아사는 얍에게 여러 수상의 영예를 안겨다 주기도 했다.

그리고 러시아사는 얍에게 아주 특별한 만남의 자리를 마련해 준다. 얍이 쓴 러시아사를 보고 러시아 작가회의에서 얍을 러시아로 초청한 것이다. 러시아에 간 얍은 유명한 러시아 작가 보리스 마카렌코를 만나게 된다. 보리스는 얍을 자신의 소중한 추억이 담겨 있는 페스카료프스코예 공동묘지로 데려간다. 그곳에는 레닌그라드가 포위되었을 때 사망했던 사람들의 묘가 70만 개나 놓여 있었다.

레닌그라드의 공방전(1941년 9월 8일~1944년 1월 27일)은 2차 세계대전 중에 3년이나 계속되어 왔던 러시아 역사에 남아 있는 비참한 역사적 사실이다. 2차 세계대전 당시 레닌그라드(지금의 상트페테르부르크)는 독일군에 의하여 포위되어 수많은 사람들이 배고픔과 전염병, 독일군들의 폭격으로 인하여 죽음보다 더한 고통을 겪었다.

1943년 공격에 성공하여 러시아군이 독일군의 공격 노선을 무너뜨리고 그 이듬해 1944년에 레닌그라드의 공방전이 끝나게 될 때까지의 처절하고 암울한 상황을 보리스는 얍에게 자세히 설명해 주었다. 그때 들은 보리스의 얘기는 얍에게 깊은 감동과 문학적 영감을 주었고, 결국 이 책이 탄생하였다.

전쟁의 공포와 비참함, 그리고 용기와 인류애

이 책을 쓴 얍은 전쟁이라는 극한 상황과 비참한 현실을 인류애로 승화시킨 작가다. 이 작품은 출간된 지 40여 년이 지난 지금까지도 네덜란드 사람들이 즐겨 읽는 작품 중 하나이다. 이렇게 오랜 세월 동안 사랑을 받는 이유는 이 작품이 단지 긴장감이 넘치는 이야기의 매력을 가진 것뿐만이 아니라 그 속에 전쟁을 경험하지 않은 아이들까지 공감하고 생각해 볼 수 있는 많은 주제들을 담고 있기 때문이다.

그 속에는 역사 속에 존재하지 말아야 할 전쟁의 비참함과 공포, 전쟁 중에 절실하게 확인되는 가족에 대한 사랑, 어리지만 담대하게 나아가야 하는 용기가 담겨 있다. 그리고 극한 상황에서도 지니고 있어야 할 인간의 존엄과 삶에 대한 소중함에 이르기까지 많은 것들이 이 책 속에 녹아 있다.

이 책의 주인공인 보리스는 2차 세계대전 당시 러시아의 레닌그라드에 살고 있는 열두 살 소년이다. 독일군에 의해 공격을 받는, 삶과 죽음이 오가는 힘든 전쟁터에서 보리스는 병든 어머니와 사랑하는 친구 나디아와 함께 용기를 잃지 않으려고 노력한다.

그러나 자신이 알고 있던 많은 사람들이 폭격이나 굶주림으로 죽어 가고, 길거리에는 시체가 널린 상황에서 살아간다는 건 쉽지 않은 일이다.

작가는 그 당시 전쟁의 비참함을 이렇게 묘사하고 있다.

사람들은 혹독한 추위에 거리에서 용변을 봐야 했는데 인간이 지닌 수치심은 이미 전쟁의 폭력 앞에 무릎을 꿇은 지 오래였다. 이런 모든 잔인하고 비인간적인 상황은 살아남기 위해서 적응해야 하는 전쟁의 일상이었다.

전쟁의 비참함이 얼마나 큰 슬픔을 가져다주는지는 나디아의 일기에서도 나타난다.

하루 종일 비가 오고 있어. 하늘이 울고 있어. 그러나 레닌그라드에는 더 이상 눈물이 없어.

아버지가 라도가 호수에서 물자 수송을 하다 죽게 되고, 전쟁의
극한 상황에 매일 부딪치면서 보리스는 매일같이 악몽을 꾸게 된
다. 아버지가 호수에 빠지고, 호수 속의 괴물이 자신을 따라다니는
꿈이다.

뿐만 아니라 깨어 있을 때도 호수 괴물이 나타나는 환영을 본
다. 보리스의 환상 속에 등장하는 호수 괴물은 전쟁의 공포가 어린
소년에게 얼마나 치명적인지를 상징적으로 말하고 있다. 나디아의
일기에서도 전쟁의 공포는 나타나 있다.

사랑스러운 일기장아, 나는 머리에서 발끝까지 무섭단다.
사랑스러운 일기장아, 삶과 죽음의 거리가 얼마나 될까?

그렇지만 그토록 처절한 전쟁의 비참함과 공포를 이겨 내게 하
는 것이 있다. 그것은 용기와 사랑이었다. 죽기 전 보리스의 아버
지는 폭격으로 죽어 가는 사람을 바라보며 눈물을 흘리는 보리스
에게 다음과 같은 말을 해 주며 용기를 북돋워 준다.

우리는 용감해져야 한다. 레닌그라드의 모든 사람들은 용감해져야
해. 우리가 용기를 보여 주면 그 용기가 다른 사람들에게 또 용기를
전해 줄 거야.

아버지가 남긴 용기의 말과 권총은 보리스에게 수호신과 같은 역할을 한다. 보리스가 힘들거나 두려울 때 그 상황을 극복할 수 있도록 만든다.

그 당시 레닌그라드의 많은 사람들은 가족에 대한 사랑과 용기로 포위 상황을 꿋꿋이 견뎌 내고 있었던 것이다. 보리스의 아버지와 나디아의 아버지는 용기를 각기 다른 방식으로 보여 주고 있다. 보리스의 아버지는 얼음이 깨지고 독일군의 폭격이 진행되는 상황에서도 목숨을 걸고 라도가 호수를 건너 식량을 수송한다.

그러나 나디아 아버지는 식량 수송을 같이하자는 보리스 아버지의 제안을 거절한다. 자신은 용기가 없어서 그 일을 할 수 없다고 괴로워하며 말하는 나디아 아버지는 사실 가족을 위해 제안을 거절한 것이었다. 보리스 아버지 역시 나디아의 아버지가 왜 제안을 거절했는지 알기에 그 선택을 격려한다. 두 사람의 행동은 표현만 다를 뿐 모두 진정한 사랑과 용기가 무엇인가를 말해 주고 있다.

이 작품에서 가장 많은 것을 생각하게 하는 부분은 적군인 독일군이 보리스와 나디아를 도와주는 장면이다. 서로 대치하고 있는 전쟁 상황에서 보리스와 나디아를 러시아 진지로 데려다주는 독일군의 행동은 비록 전쟁이지만 인간의 존엄성을 잃지 않는 것이 얼마나 중요한지를 보여 준다.

그리고 목숨을 걸고 러시아군 진지로 보리스와 나디아를 데려다준 독일군에게 경례를 하며 무사히 돌아가도록 배려하는 러시아군의 모습 역시 전쟁이라는 상황도 인류애를 죽일 수 없다는 것을 역설한다. 이 귀중한 인류애는 어느 한쪽에서만 실현시킬 수 있는 것이 아니다. 양쪽 모두, 아니, 이 세상 사람들 모두가 실현시켜야 할 값진 가치라는 것을 보여 주고 있다.

그런 독일군의 행동은 보리스를 변화시키는 계기가 된다. 전에는 아버지를 돌아가시게 하고 호수 괴물이 나타나는 환영에 사로잡히게 하고 배고픔에 지치게 하는 이 모든 것의 원인인 독일군을 혼내 주고 싶다는 생각만 했다. 하지만 독일군의 도움을 받은 뒤 미움보다 더 큰 무엇인가를 배운다. 삶의 소중함과 진정한 용기가 무엇인지 깨닫게 된 것이다.

드디어 전쟁이 끝난 후, 보리스는 패전군이 된 독일군이 러시아 사람들의 멸시 속에서 초라하게 걸어가는 것을 보게 된다. 사랑하는 아버지와 나디아를 죽게 만든 독일군이지만 보리스는 그들에게 초콜릿을 건넨다. 많은 러시아 사람들이 보리스에게 야유를 퍼붓는 순간 한 아주머니는 보리스의 행동을 칭찬하며 사람들에게 이렇게 되묻는다.

증오를 가지고 살아간다면 자유가 우리에게 무슨 의미가 있을까요?

이 마지막 말은 전쟁의 고통을 인류애로 승화시킨 부분이다. 작가가 진정 말하고자 하는 것은 이 한마디에 담겨 있는지도 모른다. 전쟁이 끝났지만 그동안의 고통으로 생긴 증오가 되풀이되는 상황이라면 사람들은 자신이 찾은 자유의 의미와 인간에 대한 존엄성과 배려를 잊는 것이다.

나디아의 아버지는 죽기 전에 나디아에게 "살아 있다는 것은 즐거운 거야."라는 말을 남긴다. 그 힘든 전쟁 상황에서도 삶을 소중하게 생각하라는 말이었다. 인간을 인간답게 하고 삶을 삶으로 즐겁게 느끼는 일을 말하는 것이다. 보리스의 이야기는 이 전쟁이라는 극한 상황에서 오히려 인간의 존엄성과 삶의 소중함이 얼마나 중요한 것인지 역설적으로 보여 주고 있다.

초콜릿 한 조각

초판 1쇄 발행 2017년 4월 17일
초판 6쇄 발행 2023년 10월 30일

지은이 얍 터르 하르
옮긴이 유동익

편집장 천미진
편 집 최지우, 김현희
디자인 최윤정
마케팅 한소정
경영지원 한지영

펴낸이 한혁수
펴낸곳 도서출판 다림
등 록 1997. 8. 1. 제1-2209호
주 소 07228 서울시 영등포구 영신로 220 KnK디지털타워 1102호
전 화 02-538-2913 **팩 스** 070-4275-1693
블로그 blog.naver.com/darimbooks
다림 카페 cafe.naver.com/darimbooks
전자 우편 darimbooks@hanmail.net

ISBN 978-89-6177-139-9 43890